여시골 아이들

여시골 아이들

초판 1쇄 인쇄 2017년 12월 26일
초판 1쇄 발행 2018년 01월 01일

지은이 장현정
그린이 김태희
펴낸이 강정규
펴낸곳 시와동화

등록번호 제2014-000004호
등록일자 2012년 6월 21일

주소 경기도 부천시 소사구 성주로 86-4, 104동 402호(송내동 현대아파트)
전화 032-668-8521
이메일 kangjk41@hanmail.net

ISBN 978-89-98378-19-6 77800

저작권자 (c) 장현정, 2018

이 책의 저작권은 저자에게 있습니다. 저자와 출판사의 허락없이 내용의 일부를 발췌하거나 인용할 수 없습니다.

값은 뒤표지에 있습니다.

청소년 소설 『여시골 아이들』은 토지문화재단 창작실에서 집필하였습니다.

여시골 아이들

장현정 글 | 김태희 그림

시와 동화

차례

도깨비불 … 7

은어 … 35

사슴벌레 … 51

가을 서리 … 61

겨울 속으로 … 77

보리밟기 … 89

졸업식 … 97

그리움 그리고 지난 시간들 … 113

집으로 … 121

해후 … 135

끝의 시작 … 149

작가의 말 … 158

추천의 글 오래된 이야기, 새롭게 듣기 … 144

도깨비불

여시골은 옛날부터 마을 앞 야트막한 야산에 여우들이 많이 살았다 하여 붙여진 이름입니다. 또 그곳은 마을 사람들이 죽으면 묻히는 공동묘지와 상엿집이 있습니다. 그래서인지 아이들과 어른들 모두에게 이야깃거리가 넘치는 고개였지요.

그해 여름 아이들은 해가 뉘엿뉘엿 넘어갈 무렵 느티나무 가로 모여듭니다.

"추자야, 노올자."

동갑내기 상달이 큰 소리로 추자를 불러 냅니다. 그 소리에 친구인 성자와 경선이, 한두 살 어린 갑녀와 은숙이까지 쪼르르 나옵니다. 그 뒤로 남자아이들도 한두 명 씩 모여듭니다.

해거름 녘이면 느티나무 아래서 더위를 식히던 어른들이 저녁 준비로 자리를 뜨고, 그곳은 안골 아이들 차지가 됩니다. 안골은 여시골과 가장 가까운 마을이어서 사람들은 안골을 그저 여시골이라 부릅니다.

"야, 상달아, 내 왔다."
　추자는 함박웃음을 지으며 친구들 곁으로 다가섭니다. 추자의 이마에 땀방울이 맺힙니다. 여름 뙤약볕은 해거름 녘이라 해도 더위가 여전하기 때문입니다. 추자는 얼굴로 흘러내리는 땀을 손등으로 닦아 냅니다. 그리고 호기심 가득한 눈으로 여시골에 가 보고 싶은 마음을 비추어 봅니다.
　"상달아, 우리 저녁 밥 묵기 전에 여시골에 퍼뜩 갔다 오면 안 될까?"
　"여시골에?"
　추자가 묻는 말에 상달이 약간 놀란 듯 되묻습니다. 어스름 저녁 무렵에 여시골 근처로 가는 것은 왠지 내키지 않기 때문입니다. 그러나 추자는 아랑곳하지 않고 상달이의 호기심을 부추깁니다.
　"그래, 지난밤에 머스마들이 거기서 도깨비불 봤단다."

"진짜?"

"와!"

듣고 있던 상달이와 아이들은 호기심에 이끌려 너도 나도 한 마디씩 거듭니다.

여자아이들이 한참 수군대고 있을 때, 어디선가 빈정대는 투의 말소리가 들립니다. 홍이입니다.

"야, 도깨비불은 무슨, 도깨비불 볼라모 한밤중에 가야지. 아직까지 해가 훤한데 도깨비가 나오나. 바보들 아이가?"

홍이는 덩치가 커 또래 여자아이들과 어울려 노는 것이 왠지 어색한 느낌이 드는 친구입니다. 그런데도 어쩐 일인지 홍이는 늘 여자애들 틈에 끼어 얼쩡거립니다.

"야, 그러는 니는 봤나?"

추자가 턱을 치켜들며 대들듯 물었습니다. 홍이 주춤거리며 뒤로 몇 발짝 물러섭니다.

"그래, 내는 봤다. 우짤래?"

"그라모, 우찌 생겼는지 말해 봐라."

"치, 그리 궁금하모 너거들끼리 가서 보모 될 거 아이가."

"니, 언제 봤는데?"

추자가 추궁하듯 묻는 말에 홍이는 거침없이 말합니다.

"지난번 큰물 지고 난 다음 날 억수로 더운 날 있었제. 그날 밤에 어른들 몰래 우리끼리 대나무 골 큰 냇가로 멱감으로 가자고 약속을 했는 기라. 그란데 경식이가 안 나와서 할 수 없이 글마 데불로 경식이 집 근처로 갔어, 그란데 거기서 보니까 여시골 있는 데서 이상한 불덩이가 일렁일렁 하는 기라. 처음에는 누가 호롱불 들고 가나 싶었지. 그란데 그게 산 밑에서 반짝하더니 어느새 우리가 서 있는 데로 쉬익 날라 오는 거맨치로 움직이더라. 모두 깜짝 놀랬지. 고함을 지르고 난리가 났지. 그란데 그 순간 그 불빛이 순식간에 여러 개로 쫙 갈라지더니 온 사방으로 팍 퍼지는 기라. 그라다가 또 순식간에 하나로 폭 합쳐졌다가 다시 팍 퍼지기도 하면서 아주 도술을 부리고 난리를 쳐 대더라. 그기 억수로 이상한 기라. 그래 경식이를 불러 놓고 우리는 불빛을 쫓아서 막 뛰어 갔지. 그란데 갑자기 그게 여시골 쪽으로 달아나더라. 하도 신기해서 쫓아가 봤지, 그란데 이기 쫓아가면 갈수록 더 멀리 달아나는 기라. 그라고 이상한 건 우리가 멈추모 그 불도 그 자리에 멈춰 서서 춤을 추듯기 흔들거리는 기라. 잡을라 캐도 잡히지도 않고, 저만치서 왔다 갔다 하다가 저절로 합쳐졌다가, 쪼개졌다가, 하니까 신기하기도 하고, 궁금하기도

하고, 그렇더라. 혹시 반딧불인가 싶어서 잡을라고 손을 쭉 뻗어 봤어. 그란데 그 불이 우리에게로 휘익 달려들잖아. 그때 고마 우리 모두 식겁해서 달아나 삐맀다 아이가. 그라고 인자 생각해 보니까 내는 저 짝 대나무밭 있다 아이가, 거기서도 깜빡깜빡 하는 걸 몇 번이나 더 봤다. 그 불빛이 여시골에서 날아온 그 도깨비불인지 뭔지는 몰라도 진짜 이상한 불이 맞다 카이."

홍이가 의기양양 신나게 말합니다. 추자는 약간 겁먹은 듯 작은 목소리로 홍이 눈치를 살피며 넌지시 물어봅니다.

"너거 그때 안 무섭더나?"

"와 안 무서버, 억수로 무서버찌. 그때 덕만이하고 경식이는 도망가다 신발도 잃어버리고, 무서버서 들고 뛰면서 소리치고 울고 난리 났었다. 그란데 낮에 그 짝에 다시 가 본께 신발은 그대로 있더라. 그란데 그 불이 참 희한해. 대체 어디서 나타나는 건지, 알 수가 읎다니까. 그라고 놀래서 도망치고 고함 지르고 하는 그게 사실 재미있어서 자꾸 보러 나가고 싶다니까. 그래 내는 벌써 그걸 여러 번 봤거든. 옛날부터 많이 봤다고. 여름에 특히 더 많이 나온다니까. 그란데 아아덜 하고 같이 보게 되니까 아아덜이 고함 지르고 도망칠 때 그게 진짜 재밌다니까. 그 불이 진짜 도깨비불이모 올매나 재미있겠냐?"

"……."

홍이의 열띤 말소리를 듣고 추자는 아무 말이 없습니다. 그러자 홍이 더 큰소리로 킥킥대며 이야기를 늘어놓습니다.

"웃기는 게 경식이 글마는 자기 집에서 여시골이 다 보이는데도 여태껏 도깨비불을 한 번도 못 봤다는 거야. 글마는 초저녁잠이 많아서 그날도 잠이 드는 바람에 늦게 나왔다 카더라. 우리가 야단법석을 떨고 있을 때 뒤늦게 혼자 나와서 그 불을 보고 억수로 놀랜 기라, 킥킥 그날 경식이가 젤로 혼났을 걸, 자다가 나와서 얼떨결에 도깨비불을 보고는 고마 식겁해 가이고 인자 밤이 되모 방문 밖에 나오도 몬한다 카더라."

"……."

추자는 그렇게 도깨비불을 여러 번이나 보았다는 홍이를 힐끔 쳐다봅니다.

홍이는 추자와 서로 일등을 견줄 만큼 공부를 잘하기도 하지만, 다른 남자 친구들보다 어딘지 특별한 데가 있어 보여 그렇게 밉지 않은 친구입니다. 하지만 요즘 들어 홍이 키가

훌쩍 자란 것 같고, 목소리도 어딘지 어색하게 느껴지는 게 걱정입니다.

홍이는 자신이 본 도깨비불을 설명하느라 신이 났습니다. 추자는 슬그머니 홍이 저 혼자 이야기하게 내버려 둔 채 여자아이들 쪽으로 돌아서 버립니다. 그런 마음을 알 리 없는 친구들은 홍이 이야기를 들으며 와글와글 신기해합니다.

아이들 맞장구에 더욱 신이 난 홍이 열심히 도깨비불 이야기를 부풀리는 것을 보고 추자는 일부러 홍이 이야기를 툭 끊으며 화제를 돌려 버립니다.

"야, 상달아 오늘 밤에 우리도 냇가 한번 가 보자. 저녁 묵고 여기로 다시 다 나온나. 그라고 지금 우리 저 짝에 상희 아재 복숭아밭에 안 가 볼래?"

심심해진 추자가 아이들을 슬슬 부추깁니다. 상희 아재는 추자 아버지와 오랜 친구 사이입니다. 그래서인지 추자는 상희 아재가 만만하니 좋습니다. 아이들도 이런 상희 아재가 좋습니다.

상희 아재는 추자에게도 특별한 어른이지만, 마을 아이들 누구에게도 대체로 자상한 어른으로 통합니다. 그런 상희 아재는 그 마을에서 제일 큰 과수원과 축사를 가지고 있습니다. 상희 아재네 과수원은 아이들에겐 더할 나위 없는 간식거리들이 넘치는 곳입니다. 시골이라 집집마다 감나무며 복숭아, 배, 석류, 대추, 무화과 같은 나무들이 한두 그루씩은 있습니다. 하지만 이곳처럼 맛깔스럽고 탐스럽게 잘 익은 과일나무가 한꺼번에 주루룩 펼쳐진 곳이 흔하진 않습니다.

한여름 뙤약볕도 한숨을 고르며 쉬어 가는 해거름 녘, 심심한 아이들이 상희 아재 복숭아밭으로 몰려갑니다. 언제 왔는지 여자아이들 뒤를 홍이와 몇몇 남자아이들이 슬금슬금 따라 붙습니다. 여기저기서 키득거리는 웃음소리 속에 땀이 배어납니다. 여름 날 석양에 물든 아이들 긴 그림자가 허수아비 춤을 추며 따라갑니다.

어느새 아이들 한 무리가 구름처럼 사뿐히 날아 상희 아재네 복숭아밭에 도착했습니다. 해거름 긴긴 햇살에 지쳐서인지 마침 원두막을 지키는 사람이 아무도 없습니다. 누군가가 말합니다.

"야, 너무 크고 좋은 거 손대면 안 되는 거 알제?"

"그라고 한 개 이상 따면 죽는다."

홍이인지 추자인지 누군가가 속삭이는 말로 아이들에게 주의를 줍니다. 아이들은 약속이나 한 듯 손이 닿는 곳에 있는 복숭아 한 개씩을 잽싸게 따고선 살금살금 주위를 살펴 마파람보다 빠르게 과수원을 빠져 나옵니다. 아이들이 낄낄대며 자신들의 전리품인 복숭아를 들고 시냇가로 달음박질칩니다. 시끌벅적 야단법석을 떨며 복숭아를 설릉설릉 씻어 맛나게 먹습니다.

뒤늦게 축사에서 나온 상희 아재는 아이들을 향해 헛손질하며 뭐라고 소리쳐 보지만 아이들 입가엔 이미 복숭아물 범벅입니다.

상희 아재 그림자가 허수아비 너울처럼 춤을 추다 사라집니다. 상희 아재는 아이들에게 복숭아 몇 그루는 이미 내어 준 것 같습니다. 동네 어른들이 품앗이로 복숭아를 따고 나면 흠집 난 복숭아는 아이들 차지가 되곤 했으니까요. 아이들은 들뜬 기분으로 다 함께 몰려다니며 왁자하니 놉니다.

어느덧 한낮 뜨겁던 해가 서녘 하늘로 넘어갑니다. 무서리 맞은 홍시보다 더 붉은 노을이 수평선을 붉게 물들입니다. 아이들 웃음소리도 잦아듭니다. 집집마다 굴뚝에서 하얀 연기가 하늘하늘 피어 오릅니다. 놀이에 지친 아이들이 신발을 끌며 집으로 돌아갈 채비를 합니다.

"추자야, 밥 묵자."

어머니가 추자를 부릅니다. 여기저기 대문을 넘어 아이들 부르는 소리가 합창처럼 들립니다. 아이들 타박걸음이 빨라지자 땅거미도 놀라 잠시 멈칫합니다. 느티나무 아래는 어스름 해 그림자가 아이들을 대신해 버티고 섰습니다.

해거름이 안간힘을 쓰며 낮을 지키려는 걸 아는지 모르는지 아이들은 캄캄한 밤이 빨리 오기만을 기다립니다. 아이들은 아쉬운 듯 서로에게 모두 한 마디씩 하며 밤마실 약속을 합니다.

"야, 너거들 저녁밥 퍼뜩 먹고 모두 나오는 거 알제?"

"알았다."

"퍼뜩 나와야 된다."

"알았다."

아이들은 너도 나도 알았다며 저네들 집으로 총총 사라집니다.

한여름 밤이슬이 촉촉이 내립니다. 느티나무 가에 어른들이 모깃불을 피우고 앉아 밤을 지킵니다. 아이들이 우르르 나옵니다. 한밤중에 여시골이나 큰 냇가 간다고 하면 어른들은 무조건 안 된다고 합니다. 아이들은 시냇가에 떡감으러 간다며 거짓부렁 하고 나옵니다. 낮에 보이지 않던 덕만과 경식도 나왔습니다. 추자와 홍이도 보입니다. 아이들은 서로 눈짓을 주고받으며 추자와 홍이를 따라 나섭니다.

"야들아, 너거들 오데 가노?"

마을 어른 중 한 분이 묻습니다.

"저기 경식이 집 뒤로 멱감으로 갑니더."

"조심해라, 너무 늦지 않게 퍼뜩퍼뜩 온나. 그라고 야밤에 여시골 가까이 가마 안 된다. 알제?"

"예."

약속이나 한 듯 이구동성으로 건성건성 대답하고 아이들은 한달음에 여시골이 바라보이는 시냇가에 도착합니다. 시냇가는 내라고 하기엔 좁고 야트막하지만, 농사짓는 데 없어서는 안 될 소중한 물길입니다. 그리고 아이들 놀기에 안성맞춤인 곳입니다. 아이들은 여기서 피라미나 미꾸라지 같은 잡어들을 잡고 놀기도 하고, 빨래며 나물 같은 것을 씻기도 하는 곳입니다.

저 건너편에는 여시골이 있습니다. 사방이 캄캄합니다. 별빛 따라 길게 늘어선 그림자가 움직입니다. 아이들이 밤길을 더듬어 나가고 있습니다. 밤하늘을 수놓은 별이 손에 잡힐

듯합니다.

　여시골 가는 길목에는 울창한 대나무밭이 있습니다. 오늘따라 대나무 숲도 시커멓게 보입니다. 대숲 어둠 속에서 뭔가 튀어나올 것만 같습니다. 그렇지만 그런 말을 선뜻 내뱉는 아이들이 없습니다. 아이들은 언제 도깨비불이 나타날까 신경이 곤두 서 있어 무서움도 잊었나 봅니다. 더위도 극성스러운 산모기도 모두 상관없습니다. 긴장감을 떨치려는 듯 아이들 중 누가 먼저랄 것 없이 밤하늘을 올려다봅니다. 밤하늘에 미리내가 희뿌옇게 뿌려져 있습니다. 미리내 사이사이로 별이 무수히 박혀 있습니다.

　그때 어디선가 반짝하며 기다랗고 파란 빛이 쏟아집니다. 별들이 떨어져 내립니다.

　"야, 별똥별이다, 소원 빌자."

　"야, 별똥별이다, 소원 빌자."

　아이들이 일제히 외칩니다.

　"오데, 오데, 와, 맞다, 한 개, 두 개, 시 개, 네 개, 다섯……. 와, 많이 떨어진다."

　"소원 빌어라."

　"야, 니 소원 빌었나."

"응. 내는 우리 엄마랑 아부지랑 좀 안 싸웠으면 좋겠다고 말했다."

"니도 그랬나. 내도 그랬다."

덕만이와 경식이가 말합니다.

"와 어른들은 그리 싸우는지 알 수가 없다."

"야. 그것도 모리나. 빙신, 돈이 없어 가이고 그렇잖아."

"아, 씨 잘못했다. 그라모 돈 좀 달라 칼긴데."

"그래, 그란다고 누가 돈을 그냥 주나."

"상희 아재처럼 원래 땅도 많고, 과수나무도 많고 그라모 모리제."

"맞다. 내는 지금부터 우찌 하모 돈을 마이 벌 긴지 연구 해 봐야 되겠다."

"그래, 맞다. 내도 그럴 기다. 그래서 내는 중학교 안 갈까 생각 중이다."

덕만이와 경식이 말에 홍이 끼어듭니다.

"그라모 우짤라꼬?"

"우짜긴! 돈 벌로 가야제."

"어린 아를 누가 써 주나?"

홍이 어른처럼 말합니다.

"써 줄 거로, 전에 웃담에 살던 살찌고 키 좀 컸던 누야 생각나제?"

"누구? 재작년에 우리 동네 이사 왔던 그 엉가 말이가?"

이번에는 추자가 끼어들어 경식이 말하는 누나 얘기에 관심을 보입니다.

"그래, 그 누야 말이야."

"그 엉가 서울 가서 술집에 다닌다꼬 소문났던데."

"그래, 그기 뭐 어때서?"

"전에 한 번 왔을 때 봤는데 화장도 이쁘게 하고 옷도 근사하게 입었더라."

"야, 그기 좋나?"

"돈만 벌모 되는 거 아이가?"

"그래도 우리 엄마가 그러는데 술집 같은 데 예사로 돈 벌로 가모 안 된다 카더라."

"와?"

"내가 아나. 모리모 너거 엄마한테 물어봐라. 내는 절대로 그런 데 안 간다. 내는 큰 도시 수출 공단 같은 데 가서 기술 배울 기다. 거기 가면 기술도 배와 주고 학교도 보내 준다 카더라."

친구들끼리 서로 와글와글 시끄러울 때, 또래들보다 두어 살 어리지만 늘 추자 패거리들을 따라 다니며 암팡지게 잘 노는 야무진 은숙이 울상을 지으며 그만하라고 말합니다.

"엉가야, 오빠야, 인자 고마해라. 내는 으스스 춥고 무섭다."

"알았다."

아이들은 별똥별을 보며 앞날에 대한 희망과 기대 등을 쏟느라 무서움도 잊었나 봅니다. 그러나 웬일인지 추자는 갑자기 힘이 쑥 빠지는 느낌입니다. 홍이는 추자의 그런 모습을 보며 덩달아 시무룩해집니다.

마을 아이들 대부분 사정이 다 고만고만했지만, 특히 추자는 아버지가 일찍 돌아가신 데다 동생이 네 명이나 있어서 장녀인 추자가 중학교에 진학한다는 것은 상상할 수 없었습니다. 홍이는 아버지와 어머니 모두 열심히 일하는 건실한 가정이어서 중학교까지는 걱정하지 않아도 되었습니다. 그런데 막상 추자가 초등학교만 졸업하고 취직을 하겠다고 하자 공연히 맥이 빠졌던 것입니다.

그렇게 아이들이 캄캄한 밤하늘을 머리에 인 채 앞날에 대한 두려움과 기대감으로 술렁이고 있을 때, 어디선가 환한 횃불이 아이들을 향해 달려옵니다.

아이들이 소스라치게 놀라 소리칩니다.

"엄마야, 저게 뭐꼬?"

"저기, 저기, 저거이 도깨비불 아이가?"

"맞다 카이. 저거라이. 저거가 우리가 봤던 그 도깨비불이라 카이."

홍이 큰소리로 외칩니다. 그러자 그 횃불이 요술을 부리기 시작합니다. 횃불 한 덩어리가 순식간에 열 개 정도의 횃불로 좌악 갈라지나 싶더니, 다시 하나로 확 뭉치고, 그러다가 또다시 촤르륵 쪼개지더니 돌연 아이들 쪽으로 휘익 달려들 듯 날아옵니다. 이런 순간에 놀라지 않을 아이들이 있을까요? 여시골 아이들 모두 식겁하며 소리를 지르고 서로를 부르고 야단법석입니다. 모두들 걸음아 날 살려라 하고 죽기 살기로 달립니다.

"으앙. 엉가야!"

은숙이 울면서 언니를 부르기 시작합니다. 갑녀도 어찌해야 할 바를 몰라 울어 버립니다. 순식간에 누군가가 은숙이를 업고 뜁니다. 덩치 큰 홍이입니다.

아이들은 홍이를 따라 너도 나도 걸음아 날 살려라 내달리기 시작합니다. 도깨비불은 아이들과 함께 놀고 싶은 듯 너울너울 춤을 추며 아이들 뒤를 따르다 이내 여시골 어디론가로 잦아듭니다.

저만치 빨간 모닥불 빛이 보입니다. 느티나무 아래입니다. 어른들이 사그라들기 시작한 모깃불을 휘휘 뒤적여 끕니다. 집으로 돌아갈 채비를 합니다. 어디선가 수선스러운 발자국 소리가 와다닥거리고, 아이들 거친 숨소리가 들리자 어른들이 자리에서 일어나 서성이며 무슨 일인가 살핍니다. 저만치 어둠 속에 동네 아이들 한 무리가 숨을 몰아쉬며 느티나무가로 몰려듭니다.

"아재요, 아재요, 저거, 저거 도깨비불 맞지요?"

"우리가 도깨비불 봤다 카이."

"저, 저, 여시골에 진짜 도깨비불 있었심더. 우리 전부 다 봤다 카이예."

"하, 그 눔의 자슥들, 우리가 너거들 보고 거기, 여시골 근처는 가지 마라 안 카더나, 도깨비불 있다 카이, 이눔아들이요 어른 말을 뭘로 듣는 기라. 도깨비불도 있고, 도깨비도 안 있나. 몇 년 전에 날이 어둑어둑할 때 과수원 집 할무이가 장에 갔다 오다가 도깨비를 만나 가이고 밤새 씨름 한다고 식겁했다 카이. 희뿌연 새벽녘까지 싸웠다 안 카나. 그 오데냐

하면 여시골 근처에 대나무밭 있잖아. 그 근처 논에 물 대는 수로 있는 데 거기야. 그 근처에서 어떤 남자를 만났다 카대. 그 사람이 자기를 이기면 보내 주고 아니면 안 보내 준다 캐서 밤새 싸우느라 집에도 못 오고 그랬다 안 카나. 그란데 너거들 도깨비 만나서 이기는 방법 아나? 모리제? 하하, 사람하고 씨름 붙기 좋아하는 도깨비는 대개 왼발 밖에 없는 놈이라 카거든, 한밤중 으슥한 데서 도깨비가 나타나서 씨름한 판 뜨자 카모, 정신 단디 차리 가이고 왼발을 탁 걸어서 넘어 뜨리모 이긴다 카더라. 오른발은 가짜거든. 그란데 상희 아재 할무이는 나이도 있는 데다 갑작시리 당해서 정신을 차릴 수가 없었던 기지. 하하, 그래 밤새 도깨비하고 싸우다 지쳐 가이고 그 수문 근처 논에 푹 처 박혀 버렸는 기라. 집에서는 난리가 났지. 할무이가 장에 가서 깜깜 밤중까지 안 오시니까. 온동네 사람들이 다 찾아 나섰는데, 다행히도 상희 아재 집 머슴이 먼저 찾았지. 그래 업고 왔다 아이가. 그란데 쓰러진 할무이가 다 썩어 가는 몽당 빗자루를 꼭 끌어안고 있더란다. 할무이가 헛것을 보고 놀랬을 수도 있고 뭐 시 씩어서 그랬는가 알 수는 없지. 우쨌거나 여자 혼자 그 어두운 밤에 올매나 놀래고 무서벘겠노. 그라고 올매나 죽을

동 살 동 악을 쓰고 용을 썼던지 그 할무이가 목이 한쪽으로 팍 돌아가 삐렸잖아. 그래 그 할무이가 죽을 때꺼정 그 여시골 근처도 안 가고 그래 살았는데 이눔아들이 겁도 없이 한밤에 여시골을 가다이. 간들도 크다. 어디 다친 데는 없나?"

"예에."

아이들이 기어 들어가는 소리로 대답합니다. 그런데 도깨비불은 확실히 본 겁니다. 홍이 말이 맞았나 봅니다.

은숙이가 진저리를 치며 훌쩍거립니다.

"흑흑, 엉가야, 큰일났다. 내 신발이 없다."

"어, 내도 없다."

"내도."

여자아이들이 신발이 없어졌다며 여기저기서 울먹거립니다. 그러자 도깨비불을 여러 번 봤다는 홍이가 친구들을 안심시킵니다. 그럴 때마다 홍이는 꽤 믿음직하고 괜찮아 보입니다.

"낼 아침에 찾으러 가면 거기에 다 있다. 괜안타. 울지 마라."

홍이 어른스럽게 아이들을 다독거립니다. 어른들이 껄껄 웃습니다. 아이들은 자신들이 본 도깨비불은 진짠데 어른들이 왜 저리 웃는지 영문을 모릅니다. 상희 아재 할매가 본 도깨비는 할매가 어두운 산길에서 헛것을 봤을 수도 있지만 아이들이 본 그 도깨비불은 정말 살아 있는 도깨비불이 맞거든요. 동네 아이들 거의 모두가 보았으니까요.

　그 불은 절대 불이 붙거나 사람을 해치거나 하지 않고 저 혼자 저절로 커졌다 작아졌다 합니다.

　그러다가 순식간에 열 개, 혹은 그 이상으로 쪼개졌다가 합쳐졌다가 하면서 사람들에게 무서움과 긴장감, 호기심을 와르르 쏟아 놓고 팟 사라지는 이상한 불이라 도깨비불이 틀림없습니다.

　어른들은 상희 아재네 할매 이야기를 들려주며 사람들이 쓰던 물건을 아무 곳이나 함부로 버리면 밤중에 도깨비불로 바뀌어 사람 혼을 뺀다는 이야기도 함께 들려주었습니다.

　그리고 홍이가 아이들에게 말합니다. 저 도깨비불이 제일 많이 나타나는 곳은 아까 그 냇가 근처와 할매가 쓰러졌던 대나무숲 근처라고 말입니다.

　아이들은 뭔지 모를 신 나는 놀이를 발견한 듯 무서움을 떨쳐 버리려는 듯 와자하니 떠들며 내일 아침 일찍 신발 찾으러 가자며 앞서거니 뒤서거니 집으로 향합니다.

　아마 아이들은 내일 밤 또다시 도깨비불을 찾아 떠날 것입니다.

아이들 틈에 끼인 추자 곁에 홍이 나란히 걸어가며 슬그머니 말을 겁니다.

"추자야, 니 내일 내캉 도깨비불 한 번 더 보러 안 갈래?"

"어? ……모리겄는데."

추자는 선뜻 답을 하지 못한 채 그저 애매하게 모르겠다며 얼버무립니다.

그런 추자에게 홍이는 말을 돌려 도깨비불이 무섭더냐고 묻습니다.

"그란데 니, 도깨비불 그거 무섭더나?"

"모리겄다. 그냥 놀래서 들구 뛸 때 우습고 재미는 있더라."

추자는 뭐가 우스운지 한 손으로 입을 가리며 킥킥 웃습니다. 그러다 정색을 하며 홍이에게 또 묻습니다.

"니는 도깨비불 참말로 마이 봤나?"

"니보다는 마이 봤을 기다. 니는 오늘 처음이가?"

"아니 내도 옛날에 여시골 근처 대나무밭 있는 데서 불이 커졌다 작아졌다 하기도 하고, 반짝이다 흔들리다 하는 거는 봤는데, 우리 집에서는 뭐시 반짝거리는 게 있기는 한데 거기 뭐신가 했지. 그 불을 그렇게 가까이서 크게 직접 본 건 오늘이 처음이다. 사실 쬐매 무섭더라. 그란데 친구들이 놀래서 울고 불고 하니까 겁이 나면서도 우습고 재미있더라."

"그렇재? 그란데 그게 우릴 해코지 하는 거 같지 않더라. 그라모 내일은 우리 둘이서만 살짝 가 볼래?"

"어? 응. 글쎄."

"어, 어, 그니까 낼…… 저녁에, 다른 아아덜은 하도 무서버 하니까, 그게 저, 해코지는 안 하니까."

쉽게 대답을 하지 못하는 추자를 보며 홍이는 공연히 말을 더듬으며 간신히 추자와 약속을 합니다. 홍이는 어둠 속에서 얼굴이 벌개집니다. 갑자기 쿵쾅거리는 가슴을 손으로 누릅니다. 갑자기 말문까지 콱 막힙니다. 그저 흙먼지를 더욱 세차게 일으키며 부랴부랴 잰 걸음으로 앞서 걸어갑니다. 추자도 말이 없습니다.

"……."

"……."

느티나무 가에 마지막 모깃 불씨가 잦아들자 아이 어른 모두 제 집으로 돌아갑니다.

도깨비불도 사라진 까만 밤 들녘에 별똥별이 무수히 떨어져 내립니다.

아이들이 꿈을 꿉니다. 추자가 하얀색 칼라를 단 교복에 검정색 스커트를 입고 미리내 강에서 노를 젓습니다.
홍이 저 건너에서 해맑은 웃음을 지으며 손짓합니다.

은어

추자와 친구들이 한여름 내내 잘 놀았던 곳은 대나무골 앞 냇가입니다. 대나무골은 안골 아이들이 여름이면 더위를 식히며 노는 큰 냇가입니다. 대나무골은 여시골과 안골에서 제법 멀리 떨어져 있습니다. 그런데도 여시골 아이들 대부분은 이곳 대나무골 큰 냇가에서 한여름 더위를 식히며 여름을 보냅니다. 여시골 근처 들판 사이로 흐르는 시냇가는 대개 풀이 무성하고 부드러운 흙바닥으로 이루어진 곳들입니다. 그래서인지 한낮이면 들판을 가로질러 흐르는 냇물이 약간 뜨뜻한 느낌이 납니다. 그러나 이곳 큰 냇가 물은 깊은 산골 계곡물처럼 차갑습니다. 그리고 맑고 깨끗합니다. 큰 냇가에는 주먹 크기, 혹은 그보다 더 큼직하고 보기 좋은 자갈돌 천지입니다.

추자와 친구들은 줄을 지어 함께 먹을 감으러 갑니다. 추자와 친구들은 한낮 더위와 싸우며 냇가로 갑니다. 차가운 냇물 속에서 한기가 들면 뜨겁게 달구어진 자갈돌 위에서 뒹굴면 그만입니다. 아이들은 추워서 부르르 떠는 친구의 등이나 배 위에 뜨거운 자갈돌을 주워 덮어 주기도 하고 스스로 올려놓기도 하며 신나게 놉니다. 그러다 출출해지면 냇가 옆 자갈밭에서 아직 덜 익은 목화 꽃봉오리 몇 개로 입을 달랩니다. 그렇게 아이들끼리 온갖 놀이를 지어 내도 여름 긴긴 해는 오래도록 중천에 머물러 있습니다. 아이들은 여전히 심심하고 지루합니다.

적막을 깨듯 누군가 소리칩니다.

"야, 심심한데 우리 식물 채집하자."

"추자야, 니는 식물 채집에 뭐, 뭐 할기고?"

"몰라, 되는 대로 하지 뭐. 그나저나 내는 곤충 채집은 안 할 기다. 내는 그게 젤로 징그럽더라."

"내도."

"어, 그란데 저기 저 냇가에 우리 동네 아재들 아이가?"

"맞다, 기다."

"뭐하노?"

"야, 저기 바지게에 뭐 지고 가는 사람 갑용이 아재 맞제?"

"맞다. 갑용이 아재 말고도 바지게 진 사람이 한 명 더 있는데 눈고 모리겄다. 그라고 상희 아재 옆에 홍이랑 다른 머스마들도 있네. 우리도 얼릉 가 보자."

여자아이들은 식물 채집을 접어 둔 채 동네 아저씨들이 모여 있는 곳으로 달려갑니다. 남자아이들이 새까맣게 탄 얼굴로 아저씨들 옆에 붙어 서 있습니다. 아이들은 서로 민둥민둥 하니 알은체를 합니다.

"아재, 안녕하십니꺼?"

추자는 딱히 누구에게랄 것 없이 먼저 어른들에게 두루두루 인사를 합니다. 그러자 여자아이들도 여기저기서 고개를 까딱하며 한두 마디씩 인사를 합니다. 어른들도 웃으며 아이들을 맞아 줍니다.

"어, 그래 너거들 멕감으로 왔나? 인자 멕감는 것도 올매 안 남았다. 햇빛 좋을 때 실컷 해라. 핵교 갈 준비들은 다 했나?"

"예, 오늘 식물 채집 할 기라에."

"그래, 열심히들 해라. 오늘 아재들은 은어 잡을라꼬 왔다. 너거들 오늘 복 만났다. 하하하."

은어는 사천만에서 산란을 위해 물 맑은 이곳 대나무골 냇가까지 오른 것들입니다. 대나무골은 마을 앞을 흐르는 넓고 긴 냇가입니다. 큰 강이라고 이름 붙이기엔 수량이나 폭이나 깊이가 그에 미치질 못합니다. 그러나 한여름 장맛비가 쏟아부울 때 그 냇가가 없다면 인근 사십여 리 근방에 오밀조밀 모여 있는 마을들이 홍수에 다 떠내려갈지 모를 일입니다. 그 냇가는 그렇게 그 근방 사십 여리 안팎 마을을 보호하는 젖줄 같은 냇가입니다. 가늘고 길게 이어진 내는 끈질기게 흐르고 흘러 사천만으로 찾아듭니다.

추자와 여자아이들을 보고 홍이가 알은체를 합니다. 추자가 짐짓 모른 체 입을 삐죽이며 한 마디 합니다.

"마이 잡았나?"

"오데, 안주 시작도 안 했다."

홍이가 손사래를 쳐 가며 설명합니다. 추자는 홍이에게 짐짓 먼 산 바라보는 척하며 묻습니다. 어색한 침묵을 깨며 추자가 말합니다.

"우리 물수제비뜨기 할까?"

"안 된다. 조용히 해야 된다. 아재들 괴기 잡는 데 방해할라 카나?"

"맞나?"

"그래."

추자는 무안해져 얼굴이 화끈거립니다. 손부채를 부치는 시늉을 하던 추자가 이마에 흐르는 땀을 손으로 쓸어내립니다.

"하, 덥다."

"발만 쪼매 담가 봐라."

"세수하는 기 낫겄다."

"그라던가."

추자는 화끈거리는 얼굴을 물속으로 넣어 버립니다. 두 볼 가득 공기를 모아 불룩하게 만든 뒤 물속에서 그대로 푸우 하고 내뱉어 봅니다. 물속에서 뽀그르르 공기 방울들이 올라옵니다. 그제야 추자가 물 밖으로 머리를 쏙 내밀고 나옵니다. 찰싹 달라붙은 머리칼을 손으로 대강 정리하자 한결 마음이 가라앉습니다.

아이들이 옹기종기 모여서 떠들고 있을 때 상희 아재가 손짓으로 황토를 쏟아부으라는 시늉을 해 보입니다. 상희 아재보다 위쪽에 서 있던 갑용이 아재가 바지게를 기울여 황토를 쏟아붓습니다. 냇가는 순식간에 황톳물이 되어 버립니다. 아래쪽에서 기다리고 있던 상희 아재가 투망을 던집니다. 다른 아재들이 '투다다닥' 달려들어 투망질을 돕습니다.

"야, 걸렸다. 걸리 들었다."

"잡았는 갑다. 잡힌는 갑다."

아이들과 아재들 환호 속에 투망이 오색 햇살 아래로 드러납니다. 물기를 품은 은어들이 찬란한 빛을 반사하며 퍼드덕거립니다. 수정 구슬 투명한 빛들이 양철 양동이 속으로 반짝이며 '투두둑' 요동칩니다.

어느새 두 번째 바지게 흙이 냇물 속으로 쏟아집니다. 다시 투망질을 시작합니다. 역시 그 투망 속에도 은빛 찬란한 은어들이 눈부신 태양 아래 자신의 몸을 내던집니다. 아재들 중 누군가가 소리칩니다.

"은어, 이 괴기들 죽기 전에 얼릉 회 뜨입시더."

"그라입시더."

싱싱한 회를 만드느라 바쁜 어른들과 달리 아이들은 은청색, 혹은 청회색, 또는 갈색이 조금 섞여 있는 것 같은 은어를 구경하느라 더 바쁩니다.

"와! 이기 은어다. 완전 은색은 아니네. 회색 비스무리하네. 물속에 있으면 은색처럼 보이기도 해서 은어라 카나? 거 참 신기하다."

"그래서 은어라 카는 갑다."

"쪼맨하네."

"그라모 뭐 요래 얕은 곳에 알 낳으러 오는 놈이 억시기 클 줄 알았나."

"맞네."

"그란데 억수로 야무딱지게 안 생겼나?"

"맞네."

은어를 많이 본 아이들도 있지만 못 본 아이들도 있어 은어를 본 소감들도 제 각각들입니다. 그러는 사이 어른들은 순식간에 자갈돌 위에 놓인 도마에 칼을 부딪히며 재빠른 손놀림으로 은어를 손질합니다. 예리한 칼날이 움직일 때마다 따가운 태양 빛이 함께 잘려 나갑니다. 은빛 은어는 눈 깜짝할 사이에 반짝이는 빛과 버물어진 채 쟁반 위에 놓어집니다.

"요거, 회는 아아덜 한 입씩 멕이고, 나머지는 매운탕해서 한 잔 하입시더."

"좋지, 그라자고."

햇빛에 잘 익은 자갈돌 위에서 찰나의 축제가 벌어집니다.

"야들아! 이리들 와서 묵어 봐라. 이기 맛이 참 희한한 기다. 어서 묵어 봐라. 맛있제? 무신향이 안 나나?"

"수박 냄새 같은 기 나예."

"하모, 맞다. 꼭 수박 묵는 거 맨키로 향이 있다 카이. 그라고 이기 바다서 살다 알 낳을라꼬 이 냇가로 온 기거등, 그래서 생거로 묵어도 탈이 안 나는 기라. 다른 민물 괴기는 잘못 묵으모 디스토마 걸린다 아이가. 근데 이거는 까딱없는 기라. 이기 참 깨끗한 괴긴 기라."

"깻잎에 싸서 초장에 찍어 무 봐라. 기똥차게 맛있다."

"예."

아이들이 달려들어 어른들의 포획물을 널컹널컹 입으로 집어 갑니다.

"허허, 그 노마들 참 잘도 묵는다. 매운탕은 아재들 묵구로 너거들은 인자 저만치 가거라이."

"예. 알았심더."

"허허헛, 그노마들 며칠 굶은 거 맨키로 잘 묵네."

누군가 너털웃음을 터뜨리며 행복한 불평을 혼잣말처럼 되새깁니다.

태양은 냇가 자갈돌을 따갑게 달구며 아이들 웃음소리와 은빛 은어의 소리 없는 한숨을 저 혼자 고스란히 기억해 둡니다. 흥겹고도 시끄러운 웃음소리에 놀란 피라미들이 반짝 고개를 내밀었다 다시 쏙 들어갑니다. 피라미들이 자맥질 하던 곳에는 물수제비가 동글동글한 원을 그리며 사라집니다. 냇가 자갈밭에는 매운탕이 매콤하고 구수한 냄새를 풍기며 맛있게 끓고 있습니다. 아이들은 최면에 걸린 듯 매운탕 냄새를 따라 또 몰려듭니다.

"허어, 야들아, 매운탕은 아재들 먹기로 했제?"

"예에,"

"허, 그 노마들, 야, 야, 이리들 와 봐라. 이거 한 숟갈씩 더 묵고 가거라."

"와아!"

아이들이 환호성을 지릅니다. 태양도 덩달아 신 나서 뜨거운 빛을 내뿜습니다. 아이들도 어른들도 늦더위와 매운탕의 뜨거운 열기에 취합니다. 아이들은 더위도 방학 숙제도 다 잊은 채 마냥 즐겁습니다. 어른들 몫에 붙어 떨어질 줄 모르는 아이들 중 누군가 먼저 염치를 차린 아이 한 명이 말합니다.

"야, 우리 그만 가자!"

"알았다. 가자."

"아재요, 잘 묵었심니더."

"인자 고마 가 보께예. 잘 묵어심니더. 고맙십니더예."

"언냐, 언냐, 그래 어서들 가 봐라. 인자 배도 채우고 해씬께 갈 때 너무 집 남새밭 함부로 헤집지 말거래이."

"걱정 마이소. 안 그랍니더예."

"오야, 하모 좋을 때다. 너거들 때 아이모 운제 서리해 묵어 보겠노. 그란데 너거들 우리 동네 남새밭에서만 쪼매이 하는 기다. 알겠제?"

"예에."

어른들 옳은 소리에 아이들은 그저 이구동성으로 건성건성 신 나게 대답합니다. 뜻밖의 간식으로 포만감을 느낀 아이들은 앞서거니 뒤서거니 냇가를 어른들에게 내어 주고 떠납니다.

누군가가 뒤에서 소리칩니다.

"야, 우리 개구리 잡아 가이고 구워 먹고 더 놀다 갈래?"

"깡통 있나?"

"머, 띠풀로 묶어 가모 되지."

아이들은 어느새 합의를 본 듯 개구리 잡을 준비에 들어갑니다. 누가 뭐라 할 것 없이 들길에서 논둑을 훑으며 개구리 잡이에 몰두합니다. 그 중 훙이는 덩치도 큰 데다 움직임도

빨라서 개구리도 재빠르게 잘 잡습니다. 아이들이 잠시 멈춰 서서 홍이가 개구리 잡는 모습을 바라봅니다. 마치 개구리가 긴 혀로 먹이를 낚아 챌 때 마냥 홍이의 큰 손이 덥석덥석 개구리를 잡아챕니다. 그리곤 개구리를 굴비처럼 엮어서 여자 아이들 있는 곳으로 옵니다.

"어, 추자야, 이거."

"뭐꼬?"

"니, 개구리 못 잡는다 아이가. 이거 너거 집 닭 삶아 주라고."

"됐다. 치아라. 내는 징그러버서 그런 거 몬 가져 간다."

"줄만 잡고 가모 된다 아이가."

"됐다고."

추자의 쌀쌀맞은 반응에 홍이는 공연히 부아가 치밉니다. 실망한 낯빛이 역력해 보이는 홍이 개구리를 들어 보이며 힘없이 말합니다.

"알았다. 그라모 내가 삶아서 갖다 줄게."

추자는 홍이 간섭에 공연히 볼이 달아올라 뭔지 모를 화 같은 게 은근히 치밉니다.

"흥, 니 맘대로 해삐라. 내는 모린다. 야, 우리 얼릉 가자. 저 머스마들 배때지에 거지가 들었능갑다. 아재들한테 은어

실컷 얻어 묵고 개구리는 와 또 꾸버 묵노."

"머스마들하고 더러버서 몬 논다. 얼릉 가자."

"그래 맞다. 우리끼리 얼릉 가자."

남자아이들을 논둑에 남겨 두고 여자아이들이 줄지어 걸어갑니다.

여자아이들은 무엇이 재미있는지 연신 재잘거리며 갑니다. 가다가 들길 여기저기 나 있는 어린 아까시 나무 줄기를 뜯어 미장원 놀이를 하며 키득거립니다. 아이들 머리카락이 복잡하게 꼬이고 헝클어져 보기만 해도 웃음이 납니다. 복잡하게 꼬인 머리카락을 풀 때면 또 한바탕 즐거운 비명과 아우성으로 들판이 들썩입니다.

얼마나 놀았을까요. 추자는 오늘따라 입안 가득 수박 향여운이 길게 남습니다. 추자는 뭔지 모를 설렘과 부끄러움 같은 것이 스멀스멀 기어 나와 몸 구석구석을 돌아다니는 것만 같습니다. 고개를 세차게 흔들어 봅니다.

저만치 뒤에서 남자아이들 낄낄대는 웃음소리가 들립니다. 그 중 홍이 웃음소리가 유독 크게 또렷이 들리는 것 같아 공연히 짜증이 납니다. 들판을 가로지르며 신 난 아이들 얼굴이 붉게 물듭니다. 홍이 웃음소리에 발갛게 달아오른 추자

얼굴에도 행복한 미소가 번집니다.

  한여름 뙤약볕 냇가, 은빛 찬란한 기억을 간직한 태양을 뒤로한 채 아이들이 집으로 향합니다.

사슴벌레

왁자하던 느티나무 가에도, 도깨비불이 나오던 여시골, 은빛 은어를 품어 주던 대나무골 냇가에도 아이들 웃음소리가 뜸해졌습니다. 아이들 방학이 끝났기 때문입니다.

"추자야, 학교 가자."

상달이가 큰소리로 추자를 부릅니다. 곧이어 성자, 경선이, 그리고 갑녀와 손을 잡은 은숙이 쪼르르 뒤따릅니다. 저만치 홍이와 남자아이들도 책보를 어깨에 멘 채 뭔가를 손에 들고 왁자하니 떠들며 오고 있습니다. 서로 뭔가를 두고 실랑이를 하는 폼이 예사롭지 않습니다. 아예 땅바닥에 주저앉기까지 합니다. 그리곤 여기저기서 땅을 치고 소리를 질러 댑니다.

"저것들 또 뭐꼬?"

"모린다. 함 가 볼까?"

"학교 안 늦겄나?"

"쪼깬만 보고 가지 뭐."

"그라자."

여자아이들이 쪼르르 몰려갑니다.

"어, 추자 왔나?"

홍이가 알은체를 합니다. 추자는 지난번 도깨비불이나 개구리 일 등이 있고 난 뒤부터 홍이를 대할 때마다 뭘 먹고 체한 것처럼 속이 거북합니다. 그래서인지 공연히 퉁명스럽게 대답합니다.

"너거들 뭐하는 기고?"

"봐라, 사슴벌레 경주시킨다. 내 사슴벌레가 최고로 크다. 누구하고 싸움 붙이도 내 사슴벌레가 이긴다."

홍이는 뭐 대단한 거라도 되는 양 추자 앞에서 자랑을 늘어놓습니다. 추자는 그런 홍이 모습이 왠지 보기 싫어 그 자리에 있기가 싫습니다. 그런 마음을 아는지 모르는지 홍이는 자기 사슴벌레 자랑이 늘어집니다.

홍이는 추자 앞에서 자신의 사슴벌레를 몰아부칩니다. 다른 남자아이들도 질세라 자신의 사슴벌레를 결승선으로 몰

아가느라 정신없습니다.

　남자아이들이 가느다란 꼬챙이를 이용해 각자의 사슴벌레를 몰아부치고 있을 때, 여자아이들은 추자의 눈짓에 따라 학교로 향합니다.

　여자아이들이 자리를 뜨자 남자아이들도 뒤를 슬금슬금 따르기 시작합니다. 학교에 다다를 때까지도 남자아이들은 사슴벌레 놀이를 멈추지 않습니다.

　"야, 야, 야."

　외마디 비명과 함께 남자아이들 손아귀에 쥐어진 사슴벌레들이 서로 붙었다가 떨어졌다가 합니다.

　아직 한여름의 더운 기운이 완전히 가시지 않은 개학날, 학교에 도착하기도 전에 남자아이들은 땀으로 범벅이 되어 후줄근해져 버렸습니다.

　교문 안으로 들어서자 제일 먼저 반겨 주시는 분은 학교 안팎의 자잘한 일을 맡아 해주시는 소사 아저씨입니다. 아저씨는 연신 비질을 합니다. 검정색 나무 판자로 지어진 학교 화장실도 그대로입니다. 방학 동안 아저씨는 화장실도 말끔하게 치워 놓았습니다.

　"아저씨, 안녕하십니꺼?"

"오냐, 너희들도 잘 지냈나?"

"아저씨, 반갑심니더."

"오냐, 그래. 어서 오이라. 반갑다."

아저씨는 웃는 얼굴로 인사를 하는 아이들에게 한 명, 한 명, 인사를 받기도 하고 머리를 쓰다듬어 주시기도 하면서 반겨 주십니다.

운동장엔 티끌하나 보이지 않고 복도랑 교실도 깨끗합니다. 아저씨는 아이들이 없는 동안에도 학교를 지키며 쓸고 닦고 했나 봅니다.

아이들이 교실로 향합니다.

"야, 오랜만이다. 숙제는 다 했나?"

"야, 우리 오면서 사슴벌레 경주시킸다."

"진짜?"

"하모. 속고만 살았나?"

"봐라, 여 있다."

"야, 내도 있다. 우리 선생님 오시기 전에 한 판만 더 붙어 보까?"

"좋다."

여시골 홍이와 대나무골 용재가 사슴벌레로 또다시 겨룸

니다.

교실 한편에서는 여자아이들이 수다를 떨고 있습니다. 홍이와 용재가 사슴벌레 경주를 시작하자 여시골 아이들과 대나무골 아이들이 자연히 편이 갈라집니다. 마치 운동회라도 하는 것처럼 시끌벅적합니다.

대나무골 아이들과 여시골 근처 아이들은 간혹 사소한 일로 잘 맞섭니다.

한여름 더위를 식히러 가는 큰 냇가에서 대나무골 아이들과 만날 때도 공연한 텃세 다툼이 일기도 합니다. 큰 냇가가 하필 대나무골 앞으로 흐르고 있기 때문입니다. 큰 냇물은 소나무골, 안골 등 여시골 인근에서 흐르는 크고 작은 물줄기가 하나로 합쳐진 곳입니다. 그러다 보니 큰 냇가의 주인은 딱히 누구라 할 수 없는 모두의 냇가입니다. 그런데도 대나무골 아이들은 은근히 그 냇가를 대나무골 냇가라 부르며 텃세를 부리는 것입니다. 하지만 그러한 텃세는 은근히 자기 자신과 고향을 사랑하고 지키는 법을 배우게 해 주기도 합니다.

"와! 잘한다. 와, 와, 쪼깬만 더, 더, 더, 와!"

아이들이 땀에 절어 흥분하고 있을 때 교실 문이 드르륵 열립니다. 선생님이 들어왔습니다.

"모두 차렷!"

언제 일어섰는지 반장이 일어나 아이들을 조용히 하게 하고 선생님께 인사를 올리게 합니다. 아이들은 언제 떠들었냐는 듯 반장의 구호에 맞춰 선생님께 경례를 합니다.

"이렇게 건강한 모습으로 다시 보게 되어 반갑다. 오늘은 첫날이니까 선생님이 당번을 정해 주겠다. 당번은 지금 학교 뒤뜰에 가서 우리 반 먹을 보리차 받아 온다. 알았제?"

"네!"

"아까 교실에서 떠들썩했던 놈들 있제? 홍이, 용재 앞으로 나와 봐라."

"예에!"

홍이와 용재는 서로 눈치를 보며 선생님 앞으로 다가갑니다. 선생님은 둘을 지그시 바라보기만 할 뿐, 회초리를 들거나 긴 잔소리를 늘어놓지는 않습니다. 다만 조용한 목소리와 애정이 듬뿍 묻어나는 웃음 띤 얼굴로 말할 뿐입니다.

"너희 둘이 가서 물 받아 오너라."

"예에!"

"뜨거우니 조심하고."

"예!"

홍이와 용재는 주전자를 챙겨 들고 교실 문 밖으로 나갑니다. 먼저 온 아이들이 보리차 물을 받기 위해 길게 줄을 서 있습니다.

홍이와 용재 마음도 급해졌습니다. 둘은 잰걸음으로 걷다가 뛰어갑니다.

"와! 벌써 줄 길게 서 있네."

"얼릉 가자."

학교 뒷마당에는 미리 끓여 놓은 보리차 들통이 일렬로 놓여 있습니다. 아이들이 가지고 온 주전자도 가지런히 줄 서서 기다립니다.

그 옆에는 아이들에게 나눠 줄 맛있는 옥수수 식빵을 실은 용달차가 서 있습니다. 고소한 빵 냄새가 솔솔 풍겨 옵니다. 홍이와 용재는 누가 먼저랄 것 없이 빵 차 옆으로 다가갑니다. 홍이와 용재는 침을 '꼴까딱' 삼킵니다.

"야, 내는 저 빵 저거 실컷 좀 먹어 봤으모 좋겠다."

"내도."

홍이와 용재는 서로 옥수수 식빵을 배 터지게 먹고 싶다는 말을 주고받으며 보리차를 받아 들고 교실로 돌아갑니다.

늦여름 따가운 태양이 말없이 뒤 따릅니다. 아이들이 웃고 떠들며 자맥질하던 한여름 냇가의 기억을 고스란히 간직한 채 말입니다.

가을 서리

"어느 집 자식들이 너무 집 남새밭을 이리 망치 놨노."

순이 아지매 괄괄한 목소리가 마른하늘 벼락치듯 신작로를 때립니다.

'아이쿠! 저런.'

간밤에 누군가 순이 아지매 밭에서 한바탕 소란을 피운 모양입니다. 늦가을 서리 맞은 가짓대가 맥없이 꺾이고, 소담스럽게 파릇파릇 돋아나고 있는 여린 쪽파도 쥐어뜯어 놓은 머리칼처럼 흐트러져 있습니다. 평소 털털하고 인심 좋기로 소문난 순이 아지매지만 예쁘게 자라고 있는 쪽파 이랑이 짓밟혀 있는 모습을 보고 고운 소리가 나올 리 만무합니다.

가을은 천고마비의 계절이라지요. 그래서인가 아이들 식욕이 하늘 높은 줄 모릅니다. 먹고 돌아서면 뭔가 또 먹고 싶어지니 이상한 일입니다. 특히 나뭇잎이 떨어지기 시작하는 늦가을 무렵엔 아이들이 다람쥐 겨울 양식 비축하듯 먹을 걸 찾아 헤맵니다.

아이들도 겨우살이 준비를 하나 봅니다. 저 멀리 추자네 정지 쪽에서 희미한 전등 불빛이 새어 나옵니다. 불빛 사이로 허수아비 닮은 그림자 몇이 너울너울 춤추듯 일렁입니다. 아이들 수런거리는 소리도 함께 새어 나옵니다.

"추자야, 내는 가지 따다가 손바닥에 가시 박혔다."

"쉿! 조용히 해라. 우리 어무이 나오실라."

"조선 패(牌)는 이파리만 뜯어 왔네."

"킥킥, 누구 머리카락 쥐어뜯어 온 거 같다야."

"난리 났다. 낼 아침에 순이 아지매 보마 기절하겠다. 남새밭 다 망치 났다고."

"그러게, 각자 집에서 한 움큼씩 가져올 걸 그랬나?"

"그럴 걸 그랬나? 재미로 이리 하는 게 아닌데."

"맞다. 다음에는 각자 집에서 가지고 와서 해 묵자."

친구들은 걱정 반 즐거움 반인 마음으로 시끌벅적합니다.

"조용히 하고 우리 얼릉 하자."

"그래."

추자가 살며시 부엌 문을 엽니다. 그 사이로 누군가가 자그마한 양푼을 아랫배에 댄 채 나갑니다. 뒤이어 두서너 명이 뒤를 따르자 정지 문이 크게 열리며 '삐거덕' 소리가 납니다. 아이들이 흠칫 놀라 바라봅니다. 그리고는 또 무엇이 그리 우스운지 서로 바라보며 킬킬거립니다.

아이들이 숨을 참으며 살곰살곰 우물가로 갑니다. 두레박으로 물을 길어 조심조심 양푼 속으로 붓습니다. 손으로 양푼 속을 살살 저어 가며 씻는 것을 보니 쌀이 분명합니다. 몇몇 아이들은 손에 든 푸성귀들을 씻습니다. 누가 볼세라 조심하고 숨죽인 탓인지 가을 밤바람이 서늘한데도 이마에 땀이 번집니다.

"야야. 쌀 다 씻었다. 냄비 어딨노?"

"글고, 쌀 우에 가지랑 조선 패 얹어서 찔 긴데 너거 우찌 하는지 아나?"

"하모, 어무이가 할 때 봤는데 밥이 끓어오를 때 가지를 얹고, 밥에 뜸이 들 때 쯤 패를 얹어 주더라."

"맞나?"

"하모. 그라마 된다. 한번 해 보마 되지."

"곤로(석유나 전기 따위를 이용하는 취사용 도구인 풍로의 일본말) 켜 봐라."

"심지 너무 안 올라오게 조심해라. 안 그러마 거스름 올라

와서 냄비 새까매진데이. 그라마 디지게 혼날 기다."

"알았다. 누가 고추 따 왔제? 그거랑 조선 패 송송 예쁘게 썰어 봐라. 양념간장 맛있 거로 만들어서 밥 우에 찐 가지랑 패랑 밥에 넣어서 비벼 먹자."

"참기름이랑 깨소금도 넣자."

"와! 맛있겠다,"

아이들은 저마다 신 나게 한 마디씩 거들고 나섭니다. 그런 아이들과 달리 추자는 근심 어린 낯빛이 되어 초조해 보입니다. 수선스러운 아이들 모습에 지레 겁먹은 표정으로 추자가 혼잣말처럼, 속엣말처럼 들릴락 말락 한 걱정을 합니다.

"아이구야, 부엌이랑, 냄비 보고 어무이가 놀래겠다, 우짜꼬!"

정지에는 얼마 전 호롱불을 대신하여 설치된 희미한 전등이 아이들을 응원하며 매달려 있습니다. 투명한 유리로 된 전등은 꼭 표주박처럼 생겼습니다. 아이들 솜씨만큼이나 어설피 매달려 있는 전등불 아래서 서투른 밤참이 맛있는 냄새를 풍기며 익어 갑니다.

'치지직, 북덕북덕' 하는 소리와 함께 냄비 속 밥물이 흘러넘칩니다. 아이들은 때를 놓치지 않고 곤로 심지를 낮춥니다. 그리고 가지를 반으로 갈라 냄비 속에 넣습니다. 밥물이

잦아듭니다. 누군가 냄비 뚜껑을 열자 또 누군가는 바가지 하나를 내밉니다. 먼저 살짝 익은 가지를 꺼내 담습니다. 가지를 들어 낸 자리에 얼기설기 뜯어 온 쪽파를 넣고 마지막 뜸을 들입니다.

생으로 조금 남겨 둔 쪽파와 풋고추를 송당송당 씁니다. 보기에도 군침 도는 맛있는 양념간장이 완성됩니다. 짭짜름하고 고소한 양념 냄새와 어우러진 구수한 밥 냄새가 아이들 목젖을 간지럼 태웁니다. 여기저기서 '꼴딱' 침 넘어 가는 소리가 절로 납니다. 아이들이 진땀을 참아 가며 밥 뜸을 들입니다. 성긴 정지문 사이로 서늘한 가을 밤바람이 들어옵니다. 아이들이 잠시 진저리를 치며 웃습니다. 그러는 사이 어느 샌가 맛있는 밤참이 허연 김을 내뿜으며 아이들을 끌어당깁니다.

누가 먼저랄 것 없는 말들이 쏟아지기 시작합니다.

"와아, 맛있겠다. 뜨거울 때 얼릉 비벼 먹자."

"아이다. 냄비 밥은 밥만 묵어도 달더라."

"맞다. 맨밥도 좀 묵어 보고 비비 묵자."

"그래."

"묵는 동안 누룽지도 맹글자."

"그래. 알았다."

쌀쌀한 가을 밤, 냄비에서 포르르 끓인 윤기가 자르르 흐르는 흰 쌀밥에서 나는 구수한 냄새는 이 세상 그 어떤 냄새로도 대신할 수 없을 만큼 다디단 냄새입니다.

"하아! 달다. 맛있다."

"……"

"……"

"야, 모두들 먹느라고 꿀 먹은 벙어리들맨치로 조용하네."

"이거, 진짜 맛있다."

쌀쌀한 늦가을 날씨에도 아이들 이마와 콧잔등에 땀이 송글송글 맺힙니다.

"또 해 묵자."

"그라자. 진짜 담번에 한 번 더 해 묵자."

"그란데 담 번에는 누구집서 해 묵을 기고?"

"상달이 너거 집서 해 묵으모 안 되나?"

입안 가득 밥을 넣어 씹던 상달이 눈을 크게 뜨며 고개를 끄덕입니다. 냄비 뚜껑이 들썩이며 흰 밥물이 넘쳐 나옵니다.

"어어, 누룽지 넘친다."

"얼릉 불 꺼라."

"알았다."

하얀 쌀밥 누룽지가 맛있게 퍼졌습니다.

"야, 맛있거로 잘 됐다."

"묵자."

"쌀밥 누룽지라 더 맛있다."

"냄새도 좋고 맛도 구수한 게 진짜로 맛있다."

"……."

"……."

아이들은 늦은 밤에 즐기는 은밀하고 맛있는 야식 맛에 취해 할 말을 잊었는지 말소리가 들리지 않습니다. 그저 후루룩, 쩝쩝, 하는 소리만 간간이 정지문 사이로 새어 나올 뿐입니다.

조용하고 쌀쌀한 가을 밤, 시커멓고 커다란 거인 그림자를 등에 업은 아이들이 촉 낮은 전등불 아래서 성찬을 즐깁니다. 아이들은 다람쥐 볼 주머니마냥 든든해진 배를 두들기며 집으로 돌아갑니다. 심심한 달빛이 말없이 아이들 뒤를 따릅니다. 아이들이 곤한 잠 속으로 들어갑니다.

어디선가 수탉 홰치는 소리가 들립니다. 추자가 입맛을 다십니다. 아침이 되었지만 아직도 어젯밤 그 맛을 잊을 수 없나 봅니다. 이불 속에서 입맛을 다시며 꼼지락거리고 있는 추자 귀에 어머니 호통소리가 들립니다.

"하이구야! 추자야, 이기 다 뭐꼬? 어젯밤에 난리를 쳤구마."

이불 속에서 꼼지락거리고 있던 추자가 벌떡 일어나 기어드는 소리로 답합니다.

"다 치왔는데예."

"냄비가 아주 시꺼멓다."

"앞으로 조심할게예."

"너거들 다른 집 남새밭은 안 망칬나? 웬만한 건 우리 밭에 다 있는데."

"아아덜이 자기 집 밭에 있는 거는 재미없어 해예."

"경선이만 저거 집 밭에서 고추 가져 왔고예. 그라고 상달이가 순이 아지매 밭에서 가지 세 개 가지고 왔어예. 갑녀도 순이 아지매 밭에서 조선 패 뜯어 오고예."

"잘한다. 가스나들이. 재미가 뭐꼬? 그라모 못 쓰는 기다. 앞으로는 저거 집 밭에 거 가지고 해 묵든가 우짜든가 해라이."

"예, 알았심더. 잘못했어예. 순이 아지매 밭이 워낙 크고 여러 가지가 다 있어서. 또 재미도 있고. 킥킥."

"떽! 가스나가 그래도 말이 많다. 재미로 하는 거는 앞으로 하지 말거라. 요새는 옛날 같지 않아 가이고 인심이 사나워졌다. 까딱 잘못하모 서리가 아이라 도둑놈 소리 듣는다이.

알겠제? 그라고 함부로 재미로 그랬다고 하는 거 아이다. 뭐시든 잘못 하는 거를 재미로 하다 보모 나중에 큰일나는 기라. 알았나? 친구들한테도 단디 일러 주라. 내사 오늘 순이 아지매네 가서 미안타꼬 말해야겠다."

"예, 어무이 알았심더. 잘 몬했심니더. 다시는 안 그럴 거라예."

"오냐, 얼릉 학교 갈 준비해라."

"예에."

추자가 힘없이 대답합니다. 어제 친구들에게 집을 빌려 준 대가를 아침에 톡톡히 치룹니다. 하지만 어머니는 아무 일도 없었다는 듯 추자에게 맛있는 아침상을 차려 줍니다. 아침을 오지게 챙겨 먹은 추자가 동네로 나서자마자 어제 패거리들이 추자를 에워쌉니다.

"추자야! 니, 괘안나."

갑녀와 상달이 동시에 웃으며 묻습니다.

"응, 괘안타. 그란데 아침에 어무이한테 잔소리 한 바가지 들었다."

"히히, 그래도 어제 진짜 맛있었제?"

"응, 냄비에다 쌀밥한께로 억수로 맛있더라. 진짜 달더라,

그자?"

아이들이 어제 밤참 이야기를 하고 있을 때 멀지 않은 곳에서 성자와 경선이가 달려옵니다. 그 뒤로 은숙이 쫄랑거리며 따라옵니다.

"야, 같이 가자."

"얼릉 와."

"어제는 진짜로 재미있더라. 추자 니는 우리 때매 어무이한테 한 소리 들었제?"

"인자 다 지나갔다. 괘안타."

"하하, 추자야, 미안타."

"괘안타. 어무이가 순이 아지매께 미안타꼬 말씀드린다 카시더라."

"진짜? 우짜겠노. 우리 땜에, 우리가 가서 죄송하다고 말씀드릴까?"

"학교 갔다 와서 생각해 보자. 아무튼 오늘 아침 식겁했다."

"미안타."

친구들이 진심을 담아 추자에게 미안한 마음을 전합니다. 모두가 유쾌하게 웃습니다. 어젯밤 그 짜릿하고 달콤한 성찬을 잊을 수 없겠지요.

저만치 홍이 무리들이 먼지를 일으키며 와자하니 오고 있습니다.

"어이, 추자야. 너거 어젯밤에 서리해 가이고 냄비 밥 해 묵었담서?"

"오데서 들었노?"

"다 아는 수가 있지."

"참, 소문도 빠르네."

추자가 입을 삐죽 내밀며 톡 쏘듯 말합니다. 홍이는 그런 추자 기분을 아는지 모르는지 계속 자기 하고 싶은 말만 합니다. 추자는 홍이 깐죽거리듯 하는 말이 듣기 싫고 속이 거북해 견딜 수 없습니다. 추자가 흘깃 홍이를 바라봅니다. 홍이와 남자 아이들은 손에 뭔가를 한 움큼씩 쥐고 있습니다.

"니, 손에 든 거 거기 뭐꼬?"

홍이 대답 대신 손을 펴 보입니다.

"굴밤(도토리의 일종) 아이가? 그거 와 갖고 가노?"

"종일이가 도장 파 준다 캐서."

"도장? 별거를 다 하네."

"추자 니 꺼도 하나 파 주께."

"됐거등."

"재미로 파 보는 기라. 중학교 갈 때 도장 있어야 된다 카데."

"치, 굴밤으로 도장 만들어 가이고 되나?"

"종일이 글마가 손재주가 있다 아이가. 진짜 잘 판다 카이. 아아덜이 줄을 선다. 니 몰랐나?"

홍이 자랑스레 말하고 있지만 추자는 별반 흥미를 느끼지 못합니다. 남자아이들이 장난삼아 하는 도장 파기 같은 유치한 놀이에 끼고 싶은 생각이 없습니다. 그보다는 중학교 이야기만 나오면 공연히 가슴 속으로부터 견디기 힘든 불안감 때문에 속이 상하기만 합니다. 그러다 보니 자신도 모르게 퉁명스러운 말이 불쑥 나오게 마련입니다.

"몰랐다. 그라고 내는 필요 없다. 니나 마이 해라."

추자의 말이 뾰족한 가시가 되어 날아갑니다. 그러나 홍이는 그런 마음을 눈치 채지 못한 채 다시 학교 얘기를 꺼냅니다.

"참, 추자야! 니는 중학교는 우짤 낀데?"

"몰라."

다시 한 번 추자의 가시 돋친 대답이 허공으로 흩어집니다. 그제야 머쓱해진 홍이 잠시 뜸을 들이다 말합니다.

"으음……, 어, 그래서 말인데 언제든지 밤에 다 같이 모여 가지고 한번 놀자."

"……."

추자가 아무 말이 없자 홍이 재차 달래듯 말합니다.

"낼 밤에 우리 집에서 놀래?"

그러나 불편한 듯 퉁퉁거리며 답을 하는 추자의 표정이 그리 편해 보이지 않습니다.

"몰라. 친구들한테 물어봐야지."

"니가 힘들모 내가 직접 말하까?"

"그라든가."

"그라마 내가 알아서 하께. 니는 오기만 해라."

"으음……, 그라든가 뭐 되는 대로 하자."

"그래, 그라모 니는 기다려 봐라. 내가 알아서 할게."

"……."

가까스로 추자의 답을 얻어 내 기분이 좋아진 홍이가 패거리들을 뒤쫓아 뛰어갑니다. 홍이 뛸 때마다 흙먼지가 폴폴 날립니다. 홍이가 뒤를 돌아보며 추자에게 손을 흔듭니다. 그리곤 눈을 찡긋 해 보입니다. 추자는 저도 모르게 마른기침이 나면서 입이 마릅니다. 흙먼지 탓일까요. 가을 하늘이 참 맑고 높습니다. 어느새 선선한 가을 바람이 추자 속으로 슬그머니 들어앉습니다.

겨울 속으로

가을 추수를 끝낸 마을 어귀에 짧은 겨울 해가 반짝 빛을 발하다 이내 어둠에 자리를 내줍니다. 어둠이 내린 텅 빈 골목에 심심한 공기돌이 어지러이 널려 있습니다. 저만치 나뒹구는 패차기 납작 돌들이 썰렁하니 골목을 지킵니다. 그리고 어느 집 돌담 아래 찌그러진 깡통 하나 졸고 있습니다.

찌그러진 깡통이 졸린 건 해 짧은 겨울 오후 내내 아이들과 함께 신 나게 딸그락거리며 뛰어 놀았던 탓입니다. 깡통을 찰 때마다 '딸그락' 소리가 난다고 해서 놀이 이름도 '딸그락 짓기'입니다. 아이들은 겨울이 되어 손이 시려 지면 공깃돌 놀이보다 '딸그락 짓기'나 '패차기'처럼 발을 이용해 노는 놀이를 더 많이 합니다. 깡통을 딸그락거리며 차고 다니다 보면 어느새 이마에 땀이 맺히고 추위도 달아나기 때문입니다.

어둠이 깔리기 시작한 골목에 놀이로 지친 아이들 목소리가 흩어져 내립니다.

"야, 어둡다. 인자 고마 집에 가자."

"그라자."

"그란데 너거들 오늘이 무신 날인지 아나?"

"뭔 날인데?"

"상희 아재네 할무이 제샛날 아이가."

"진짜?"

"맞나?"

"그라모 오늘 동사에서 아재들 한상 받아 묵겠네."

"우리도 밤에 살짝 나와서 거기 끼어서 얻어 묵자."

"그랄래?"

"그랄까?"

"너무 늦게 댕긴다고 어무이가 뭐라 할 낀데."

"몰래 나와야지."

"알았다. 10시쯤 만날까?"

"아이다. 그라모 진짜 잠들어 몬 나온다."

"그라모 추자 너거 집서 8시쯤 모여 가이고 놀다가 살짝 가 보자."

"추자야, 저녁 묵고 너네 집에 가도 되겠나?"
"그래, 좋아."
추자가 시원하게 승낙을 합니다.
"그라모 전부 의논 된 거다."
아이들이 고개를 끄덕이며 이구동성으로 "좋다."고 합니다.
아이들은 오늘 밤 맛있는 밤참을 생각하며 들뜬 마음으로 각자 집으로 향합니다. 어둠이 내린 동쪽 하늘 샛별이 어느새 남쪽으로 갈 채비를 서두르고 있습니다. 아이들 발걸음 소리가 짙은 밤기운 속으로 모여듭니다.

낮고 조심스러운 목소리로 누군가가 추자를 부릅니다.
"추자야!"
상달이와 갑녀가 들어섭니다. 그 뒤로 성자, 경선이, 은숙이 쪼르르 들어옵니다. 친구들이 조심조심 부르는 목소리를 들은 추자가 방문을 살그머니 열자 환한 불빛이 마당으로 쏟아집니다. 친구들이 몸을 웅크리며 살짝 진저리를 칩니다. 추자가 손가락을 입에 대며 조용히 얼른 들어오라는 신호를 보냅니다. 아이들은 저마다 까치발을 하고 살곰살곰 추자 방으로 들어갑니다.
"얼릉 들어온나. 춥다."

"시게 춥다야."

추자가 주인답게 친절하게 친구들을 방으로 맞이합니다.

"얼릉 이불 안으로 들어와라."

안방에서는 어머니와 어린 동생들이 자는지 기척이 없습니다. 추자는 아이들에게 조금만 조용하게 놀자고 당부하는 것을 잊지 않습니다. 그러나 아이들은 만나자마자 패를 갈라 키득거리다 깔깔거리고 우당탕거리며 놉니다. 그렇게 밤이 깊어갑니다. 아이들이 노는 데 정신이 팔려 있을 때, 추자네 마루 벽에 걸린 괘종시계가 울립니다. '댕, 댕, 댕……, 댕!' 정확하게 열 시를 알리고 있는 것을 누군가 알아차리고 소리 칩니다.

"야야, 벌써 열 시다. 열 시."

"어, 참말이가? 한 번 나가 볼까?"

아이들은 어머니가 일어나실까 살금살금 문을 열고 밖으로 나옵니다. 차갑고 매운 바람이 코끝을 때립니다. 하늘에 떠 있는 초승달마저 시려 보입니다. 댓돌 위에 벗어 둔 신발이 얼음처럼 차갑습니다. 하지만 누구도 소리 내는 법이 없습니다. 아이들은 밤 고양이처럼 소리 없이 사립문을 열고 골목으로 나섭니다. 그제야 참았던 숨을 크게 내쉬며 웃고 떠들기 시작합니다. 골목으로 나선 아이들이 앞서거니 뒤서거니 하며 달리듯 빠른 걸음을 옮겨 놓습니다. 누군가가 먼저 뛰어갑니다. 다른 아이들도 다투어 뜁니다.

그런데 갑자기 아이들이 동시에 놀라 소리칩니다.

"와아악!"

"우와아악, 저기 뭐꼬?"

"저, 저, 시퍼렇고 붉은 불덩이, 저기 뭐꼬?"

아이들을 놀라게 한 불덩이가 골목길을 가득 메우며 굴러옵니다. 아이들은 모두 얼이 빠져 도망을 치지만 그 불덩이는 아이들과 달리기를 하듯 뒤를 따릅니다. 갑자기 어디선가 나온 붉으면서도 시퍼런 불덩이 하나가 초겨울 골목길을 후끈 달아오르게 만듭니다. 아이들은 혼비백산하여 추자네 방으로 다시 뛰어듭니다. 뒤따르던 불덩이는 어느샌가 하늘 어디로 사라져 보이지 않습니다.

아이들은 불덩이를 보고 놀란 가슴을 진정하려 애써도 잘 되질 않습니다. 추자네 방 안으로 뛰어들어 이불을 뒤집어써 봐도 한 번 식겁한 가슴을 진정할 수가 없습니다. 아이들 호들갑 소리에 추자 어머니가 방문을 열어젖힙니다.

"무신 일이고?"

아이들이 눈을 동그랗게 뜨고서 방문을 엽니다. 그리고 추자 어머니께 골목에서 본 불덩이 이야기를 합니다. 아이들은 너도 나도 두서없이 호들갑스럽게 각자가 본 불덩이 이야기를 목청껏 떠들어 댑니다.

"어무이예, 우리가예……, 저기 저쪽에서 시퍼런 거를, 그게 골목보다 큰 불이라예."

"아니고예, 우리가예 골목에서 큰 불덩이를 봤다 아입니꺼에."

"무신 소리고? 차근차근 한 사람씩 얘기해 봐라. 헛것 본 거 아이가?"

"아이라예, 우리 전부 다 봤다 아입니꺼."

"무신 불덩이를 봤다 말이고? 참 이상타. 추자 니도 봤나? 봤으모 똑디 말해 봐라."

"예, 어무이, 그게 하도 무서버 가이고 놀래서 다시 도망치느라 자세히 못 본 거 같아예. 그란데 그 불이 처음 딱 봤을 때, 도깨비불하고는 쪼매 달랐어예. 이거는 커다란 불덩이가예 골목을 다 차지할 만큼 크고 둥그렇고, 붉은 거 같으면서도 시퍼런 기 골목을 가득 메우듯이 밀려 나오는 거 같았어예. 그라다가 우리가 놀래서 소리를 지른께 그 불덩이도 놀랜 거맨치로……. 주춤거리다가 또 우리가 들고 뛰면서 도망친께 어디론가 쑤욱 올라 가 삐린 거 같아예. 뒤를 한 번 슥 돌아보이 그기 오데로 사라지 뻔는지 없어지 뺐어예."

추자의 말이 끝나기 무섭게 상달이가 거의 울상이 되어 진저리를 치며 무서웠던 이야기를 또 합니다.

"억수로 무서 벘어예. 진짜로 간이 다 떨어져 삐린 거 같아예."

"그란께 이 야밤에 뭐하로 가스나들이 이리 몰려댕기노?"

추자 어머니가 제법 큰 소리로 아이들을 나무랍니다. 아이들은 모두 겁먹은 표정으로 기어 들어가는 소리로 말합니다. 그 와중에 갑녀는 눈물을 찔끔대며 울고 있습니다. 그나마 추자가 겨우 오늘 밤 사정을 어머니께 설명해 줍니다.

"어무이, 잘몬했심니더. 사실은예, 오늘 상희 아재네 할무이 제사라 캐서 동사 가서 제삿밥 먹을까 해서 모였어예."

"뭐시라? 아이고, 꿈도 크다. 가스나들이 야밤에 돌아댕기문서 냄비 밥을 안 해 묵나, 남우 집 밭에 서리를 안 하나, 인자 뭐? 제삿밥? 아재들 잡숫는데 너거가 와 끼일 거고. 쓸데없는 말 말고 모두 퍼뜩퍼뜩 집에 가거라."

추자 어머니 불호령에 아이들 모두 손사래를 치며 방 안 구석으로 더 몰려 들어갑니다. 그리고 모두 합창하듯 "무서버서 몬가예." 하며 소리를 지릅니다. 그리곤 이불자락을 끌어다 덮고 누워 버립니다. 그 모습을 본 추자 어머니는 어이가 없어 웃고 맙니다.

"그래, 아이구, 모리겠다. 추자랑 한테 자든가."

아이들은 금세 즐거워진 기분으로 깔깔거리며 "예, 예." 하며 서로 이불을 들썩대며 우당탕거립니다. 아이들 소란을 잠시 진정시킨 추자 어머니가 조용하고 차분한 목소리로 말합니다.

"너거들 아까 본 거 있제, 거기 혼불 아인가 모리겠다. 저 우에 소나무골 아지매가 오늘 내일한다 카더만, 상희 아재 할무이가 제삿날 심심해서 친구할라고 소나무골 아지매 데불로 왔나 보다."

아이들은 이불 속에서 머리만 쏙 내민 채 그 말을 듣고 서로를 멀뚱하니 바라봅니다. 확실히 오늘 밤 아이들이 본 불덩이는 지난여름 여시골 근처에서 보았던 도깨비불과는 달랐습니다. 도깨비불은 저 혼자 재주를 부리며 커졌다 작아졌다, 혹은 여러 개로 쪼개졌다 하나로 모아졌다 하며 아이들과 마치 장난치듯 숨바꼭질 했던 불이지요. 그런데 오늘 밤 골목에서 본 커다란 불덩이는 골목길을 가득 채울 듯 달려나오다 아이들 비명 소리에 놀란 듯 공중으로 포물선을 그리며 날아올라 순식간에 어디론가 사라져 버린 겁니다.

그 불이 공중에서 지상으로 떨어져 내리는 것을 본 사람도 있고 못 본 사람도 있다고 합니다. 하지만 사람들은 이구동성으로 그 불을 혼불이라고 합니다. 그리고 그 불이 떨어진 곳이 망자가 쉴 곳이라는 말도 전해져 옵니다. 이런저런 생각에 잠겼던 추자 어머니는 아이들이 알아듣지도 못할 말을 혼잣말처럼 합니다.

"추자 너거 아버지 일 당할 때, 그때도 동네 사람 중에 누가 우리 집 있는 데서 시퍼렇고 커다란 불덩이가 날아오르더니 저기 저 여시골 자기 무덤 근처로 떨어지는 거를 봤다 카더만, 내사 그기 다 내 위로하는 말인가 했디만……, 오늘 너거들이 그 불을 봤다니까 참말인가 싶기도 하고 그러네. 오늘 밤 너거들 참말로 귀한 경험했다. 내는 너거들보다 더 많이 살아도 혼불 있다는 얘기만 들었지 내 눈으로 직접 보지는 못했다. 너거가 하도 별나이까네 그런 게 다 보이는 갑다. 참 별나데이. 서리를 안 해 묵나. 지들끼리 냄비 밥을 안 해 묵나. 참말로 별나다. 별나. 얼릉얼릉 자거라."

추자 어머니는 먼저 했던 말을 하고 또 하며 은근히 걱정을 합니다. 아이들이 매번 자신의 집에서 사고를 치고 있다는 느낌이 들어서입니다. 아버지 없는 집이라는 편견으로 혹시 자식들을 버르장머리 없이 키운다고 수군대는 것은 아닐지 신경이 쓰이는 것입니다. 그러다 보니 사소한 일에도 공연히 예민해지곤 하는 것이 추자 어머니 입장입니다. 더욱이 이 동네 아이들 대부분 추자를 좋아하고 또 무슨 일이나 추자가 빠지는 법이 없다 보니 무슨 일이라도 생기면 공연히 가슴이 덜컥 하는 것입니다.

하지만 아이들은 아무 생각도 없습니다. 역시나 방 안에서는 아무 일도 없었다는 듯 킥킥대며 우당탕거리는 아이들 웃음소리가 새어 나옵니다. 추자 어머니 입가에도 미소가 번집니다.

그날 밤, 아이들은 맛있는 상희 아재네 제삿밥을 먹진 못했지만 친구들끼리 밤새 낄낄대며 놀다 잠드는 행운을 맛봅니다. 그 맛은 꿀맛 같은 제삿밥에 버금가는 맛입니다. 지치도록 놀다 잠든 아이들 숨소리에 맞춰 괘종시계가 '댕!' 울립니다. 아이들이 깊이 잠듭니다. 곤한 코골이 소리 따라 한밤중 어둠 속 떠돌던 혼불, 별똥별 되어 떨어집니다.

보리밟기

봄 방학을 코앞에 둔 2월은 바람이 많이 붑니다. 해마다 이맘때면 5, 6학년 아이들은 선생님과 함께 학교 근처 보리밭으로 나갑니다.

 해마다 하는 학교 행사지만 올해 보리밟기는 유난히 기억에 남을 것만 같습니다. 추자에게는 학교 생활의 마지막 추억이 될지도 모르기 때문입니다. 시끌벅적한 소리와 함께 운동장으로 나온 아이들 속에 홍이도 서 있습니다.

 홍이는 추자 맘을 아는지 모르는지 싱글벙글 웃고 떠드느라 추자와 눈도 마주치지 않습니다. 저 멀리 아스라이 보이는 지리산이 안개 낀 것처럼 희뿌옇게 보입니다.

 추자는 그 산이 정말 지리산인지 잘 모릅니다. 아이들이 언제나 학교 서북쪽에 우뚝 서 있는 높은 산과 그 주변에 죽

늘어 서 있는 크고 작은 산줄기를 보고 모두 '지리산'이라고 하기 때문에 그런가 합니다.

매화도 피기 전 추운 봄 햇살이지만 아이들에게 조금이라도 온기를 더 주려는 듯 환한 빛을 비춰 주고 있습니다. 그런데 그리도 밝고 환한 가운데 굵은 눈송이들이 흩날립니다. 여기저기서 아이들이 외칩니다.

"와! 지리산 눈발이 요까지 날려 오는 기다."

"눈 받아 묵자."

"와! 도깨비눈이다."

"아이다, 여시가 장가 간다고 그런 기다."

"호랑이 장가 가는 게 아이고?"

"몰라, 암튼 참 이상도 하제. 저짝 하늘은 완전 맑고 쨍쨍한데 요게만 눈이 펑펑 내리노 말이다."

"눈이 내리는 게 아이고, 지리산서 날라 오는 기라니까?"

아이들은 저마다 아는 체를 하며 신 나게 보리밭으로 향합니다.

환한 날씨에 굵은 눈발이 날리는 일은 정말 신기합니다. 해가 쨍쨍 떠 있는 마른 하늘에서 비가 잠시 흩뿌릴 때가 있습니다. 사람들은 이런 걸 '여우비'라고 부르는데 아이들은 이럴 때마다 "와! 호랑이 장가 간다."고 합니다. 참 이상하지요? 정말이지 2월과 3월 날씨는 여우 둔갑 부리듯 변덕스러운 때가 많습니다.

특히 운동장에 모여 아침 조회를 하는 날이면 어김없이 여우비 같은 눈발이 휘날리곤 합니다. 그때마다 아이들은 그 눈발을 꼭 지리산에서 날려 온 눈이라고 말합니다.

시끌시끌한 아이들 소음을 잠재우는 것은 역시 선생님 목소리입니다.

"자자! 여러분 조용히 하고 보리밭으로 이동하겠습니다. 두 줄로 잘 서세요."

"네에!"

하늘에서는 물기 잔뜩 머금은 무거운 눈송이가 흩어져 내리고 바람마저 쌀쌀합니다. 아이들은 손을 호호 불거나 귀를 감싼 채 동동거리며 새파랗게 돋아난 어린 보리 싹을 꼭꼭 밟아 줍니다.

추자는 코끝으로 스며드는 찬바람보다 이번 겨울 방학을 끝으로 친구들과 헤어져 타관으로 떠나야 하는 것이 못내 서러워집니다. 아무리 좋게 생각하려 해도 서운한 마음은 어쩔 수가 없습니다. 차가운 눈송이가 추자의 눈꺼풀 위로 떨어집니다. 추자는 갑자기 마알간 콧물이 목구멍으로 찝질하게 넘어가는 것을 느낍니다. 추자가 손으로 코를 잡고 콧물을 '팽' 풉니다.

봄을 기다리는 어린 보리는 누군가에게 해마다 밟히고 나서야 튼튼한 이삭을 달고 우뚝 섭니다. 추자는 자신의 발 아래 짓눌려 있는 보리 싹이 혹시라도 뭉개질까 살며시 발을 떼어 놓았다 다시 내려놓고 하고 있을 때, 어디선가 엉덩이춤을 추며 달려온 상달이가 추자 옆에 섭니다. 상달이 아무 말 없이 추자 팔짱을 넌지시 낍니다. 그리고 유쾌하게 말합니다.

"야! 우리 신 나게 발맞차 가이고 밟아 나가까?"
"그래."

추자도 어느새 밝고 명랑한 기분으로 답합니다. 추자와 상달이는 함께 신 나게 보리밭을 밟아 나갑니다. 폭신폭신한 땅을 밟을 때마다 어린 보리 싹이 누웠다 일어나곤 합니다. 추자는 잠시 동안이지만 앞날에 대한 복잡한 생각에서 놓여나 즐겁습니다. 시끌벅적 보리밟기를 끝낸 아이들이 책보를 둘러멘 채 집으로 향합니다.

언제 모여 들었는지 동네 아이들 한 무리가 그네들 뒤를 따

릅니다. 상달이가 추자의 팔짱을 낀 채 넌지시 묻습니다.

"추자야! 니, 오늘 뭐 할 기고?"

"와?"

"날씨도 춥고 하이까네 너거 집 가서 놀모 안 되나?"

"와 만날 우리 집서만 놀라 카노?"

"너거 집이 편한께 그렇지."

"와? 아부지가 없어서 카나?"

"아니, 그런 게 아이라 우리 집하고 갑녀 집은 할무이 때매 그렇고, 다른 집도 쪼매 그렇지. 아부지들도 그렇고, 어무이들도 그렇고, 고마 너거 집이 제일로 편한 기라. 어무이도 좋고. 너거 얼라 동생들도 예삐고. 히히."

"문디 가스나. 알았다."

추자는 상달이가 그러는 것이 그닥 미웁지는 않지만 어딘지 모르게 아버지 빈자리가 느껴지는 것만 같아 마음이 울적해집니다. 그런 마음을 아는지 모르는지 상달이 들뜬 목소리로 말합니다.

"야! 내가 우리 어무이한테 말해 가이고 한겨울에 얼은 고오매 삶아 갈게. 그기 엄청 달다."

"알았다. 고마."

아이들이 즐거운 마음으로 각자 집으로 향합니다. 추운 겨울 언 땅을 지키며 봄이 오기를 기다리는 보리 싹처럼 추자와 친구들 꿈도 굳세게 영글어 갑니다.

졸업식

추자네 집 울타리는 탱자나무입니다. 안채와 아래채를 감싸는 양옆은 탱자나무 울타리로 되어 있고, 안채 뒤로는 대나무가 심어져 뒷담을 대신하고 있습니다. 아버지가 돌아가신 후부터 추자 어머니는 공연히 대나무밭을 싫어합니다. 바람이 불 때마다 소리가 듣기 싫다느니, 청승맞다느니, 하며 그것을 베어 내고 싶어 합니다.

졸업식 전날 밤, 졸업생 대표로 답사를 읽게 된 추자가 어머니 앞에서 연습을 하고 있습니다. 그때 대나무가 바람에 날려 한바탕 소란스런 소리로 울어 댑니다. 그 소리와 한판 대결이라도 할 듯이 어머니의 넋두리가 방문을 넘습니다.

"아아! 아이구, 저놈의 소리. 저 소리 듣기 싫다. 아아가 글을 좀 읽을라 캐도 저 지랄이고. 남들 다 보내는 중핵교도 몬 보내서 내사마 속이 씨리고 에린데. 이기 무슨 청승맞은 소리고 말이다. 이리 똑똑한 내 자슥을 내가 와 중학교도 몬 보내고 이라노 말이다. 저놈의 소리, 내사 참말로 듣기 싫다."

그러나 추자는 그런 어머니를 안심시킵니다.

"어무이, 지는 괘안심더. 내일 졸업하고 며칠 지나모 부산 공장에서 버스가 지들을 데불로 온다 캅니더. 그 차 타고 가모 까딱 없어예. 지 혼자만 가는 것도 아니고예, 저 소나무골 두리랑, 영자, 그라고 다른 동네 친구들도 마이 간다 캅니더. 구장 아재가 일러 주었는데예, 한 일 년만 고생하모 중학교 댕길 돈 다 모은다 카데예. 지가 제일 크니까 먼저 돈을 벌어야 지도 학교 가고 동생들도 학교 가지예. 인자 둘째가 내년이모 초등학교 입학한다 아입니꺼. 그라고 나모 그 뒤로 몇 년 안 있어서 동생들이 다 학교 입학할 긴데 지가 먼저 가서 질을 닦아 놔야 동생들도 잘될 거 아입니꺼. 그라고 대나무는 죄 없어예. 아부지가 대나무를 좋아해서 마이 심어 가이고 우리한테 연도 맹글어 주고, 썰매도 맹글어 주고, 마당에 평상도 맹글고 그랬다 아입니꺼. 그라고 인자 봄이 될 긴데, 그라모 대나무밭이랑 그 근처에서 나는 기 올매나 많심니꺼. 죽순이랑, 머구잎이랑 달래랑 온갖 봄나물이 거기 다 있잖아예. 대나무가 우리한테 준 기 많아예."

추자의 야무진 대답에 어머니는 낯을 붉히며 미안하다는 말을 솔직하게 합니다.

"그래, 그래, 추자야, 니가 내보다 낫구나. 내가 너한테 여러 가지로 참 많이 미안쿠나. 그라고 마이 고맙다. 우짜든지 우리 단디 해서 잘 살아 보자."

"……."

추자가 말없이 어머니를 바라보며 괜찮다며 웃어 보입니다. 그런 추자를 보며 어머니는 금방 또 후회를 합니다. 자신보다 한참이나 어리지만 의젓한 큰딸 추자를 보며 눈물이 핑 돕니다. 방문 밖에서 2월 심술궂은 바람이 어슬렁거립니다.

추자는 다시 답사가 적힌 원고지를 집어 들고 또렷한 목소리로 읽기 시작합니다. 때 맞춰 대나무가 추자를 응원하듯이 '씨이이잉' '씨이이잉' 소리를 내며 힘차게 흔들립니다. 어두운 밤, 차가운 바람과 맞서 힘을 겨루며 서 있는 대나무가 거대한 어둠과 싸우는 작은 영웅처럼 느껴집니다.

밤새 우짖던 대나무 소리가 잦아들고 어디선가 수탉이 힘차게 홰를 칩니다. 새까맣게 보이던 여시골 너머로 검붉은 기운이 솟구쳐 오르기 시작합니다. 사천만 잔잔한 바다 물결

위에도 붉고 강렬한 밝은 빛이 퍼져 나갑니다.

　어머니는 어젯밤부터 꼭두새벽까지 한숨도 자지 못한 것 같습니다. 행여 추자가 눈치 챌까 노심초사하며 온갖 궁리를 하느라 밤잠을 설친 것입니다. 어머니는 한숨을 푹 내쉽니다. 먼동이 다 트려면 한참을 더 기다려야 할 것 같지만 살며시 어두운 부엌으로 들어가 이것저것 아침 준비를 합니다.
　어머니는 졸업식에 입고 갈 새 옷을 한 벌 사 주고 싶었지만 그럴 수가 없었습니다. 추자는 늘 입던 감청색 쫄바지와 목이 약간 늘어진 고동색 줄무늬가 가로로 나 있는 스웨터를 입고 갈 것입니다. 양말도 여름용 흰 양말입니다. 그러나 추자는 단 한 번도 불평을 해본 적이 없습니다. 어머니는 촉촉이 젖은 눈으로 추자의 옷을 따뜻한 이불 속으로 살짝 밀어 넣습니다. 추자네 재산이래야 아버지가 남기신 논 몇 마지기가 다입니다. 거기서 나오는 소출(논밭에서 나는 곡식. 또는 그 곡식의 양)로는 식구들이 겨우 밥이나마 굶지 않고 살까 말까 한 정도입니다.
　추자는 세상 모른 채 자고 있습니다. 어머니가 시계를 봅니다. 어머니는 조심스럽고 낮은 목소리로 추자를 깨웁니다.

"추자야, 일어나자. 밥 묵고 졸업식 가야지."

추자는 어머니 목소리를 들으며 눈을 감은 채 오늘 할 일에 대해 생각해 봅니다.

오늘 추자는 내외귀빈과 부모님들, 동급생, 하급생 등등이 모인 자리에서 졸업식 답사를 읽어야 합니다. 추자는 누운 채로 머릿속에서 맴도는 답사 내용을 다시 한 번 더 외워 봅니다.

그런 다음 눈을 뜹니다. 그리고 마당으로 나선 추자는 김이 서리서리 올라오는 우물물을 길어 얼굴이 빨개지도록 세수를 합니다. 정신이 말갛게 개이고 기분이 좋습니다.

아침 밥상에는 계란찜과 함께 무를 넣어 잘박하게 지진 생선찌개가 놓여 있습니다. 매콤하고 짭쪼롬한 냄새에 군침이 돕니다. 발그레하게 생기가 도는 얼굴로 추자가 말합니다.

"어무이, 찌개가 진짜 맛있네예."

"하모, 어서 묵어라. 며칠 전에 삼천포 괴기 장수 아지매한테서 싱싱한 거 사서 말리 놓은 기다. 생거로 묵어도 맛있지만 빼들하이 말리 가지고 묵으모 더 달고 고소하데이."

"그래예? 진짜 맛있네예."

"그래, 얼라들 깨기 전에 얼른 먹고 가라. 그라고 엄마는 쪼매 있다가 갈꾸마. 엄마 안 보여도 어제 연습할 때맨치로 잘해라이. 우리 추자는 뭐든 잘 하니까 엄마는 염려 안 한다."

"어무이, 걱정 마이소. 내 잘할 기라예."

추자와 어머니는 서로 마주 보며 웃습니다. 그 모습이 참 정답고 좋아 보입니다. 아침을 든든히 챙겨 먹은 추자가 학교로 향합니다.

학교에 도착하자 교문 위에 걸린 커다란 현수막이 눈에 들어옵니다. 현수막에는 '축, 제19회 수양국민학교 졸업식'이라고 쓰여 있습니다.

현수막 아래 사람들이 제법 많이 모여 있습니다. 대부분 장사를 하려는 사람들입니다. 특히 측백나무와 동백꽃 가지를 꺾어 솜씨 좋게 만든 동그란 화환과 제법 세련된 멋을 부린 장미꽃 다발을 파는 사람들이 보입니다. 그 한 옆에는 솜사탕, 번데기, 풍선, 떡, 자잘한 장난감 등을 파는 장사치들이 부모와 아이들을 유인하고 있습니다.

추자가 잠시 한눈을 팔고 있을 때 상달이와 성자, 경선이 언제 왔는지 옆에 섭니다.

"추자야! 니 오늘 무슨 상 받노?"

"모리겄다."

"니 너무 빼지 마라. 우등상은 받을 기고, 교육감상도 받으려나?"

"그건 모리겄다. 내는 답사만 읽고, 상은 홍이가 받을걸."

"니가 홍이보다 못하지 않을 긴데 와 그렇지?"

"선생님이 알아서 주셨겄지."

"아깝다. 니도 우리캉 같이 중학교 가면 니 진짜 공부 잘할 긴데."

"괘안타."

"그래도……, 니 오늘 답사 멋지게 읽어 삐라."

"알았다."

추자와 친구들은 길게 팔짱을 낀 채 마지막 수업이 될 졸업식장으로 향합니다.

아이들이 졸업식장인 강당으로 들어가고 그보다 조금 늦은 시간이 되자 졸업생 가족들이 저마다 준비한 선물과 꽃을 사 들고 운동장으로 들어섭니다.

추자 어머니도 운동장으로 들어섭니다. 어머니는 딸에게 어떤 꽃다발을 주어야 좋을지 망설이다 둥근 화환을 삽니다. 그러다 저 멀리 목에 커다란 사진기를 맨 사진사 아저씨도

제 19회 수양국민학교 졸업식

유심히 바라봅니다.

　강당에는 벌써 사람들이 많이 모였습니다. 단상에는 상희 아재 모습도 보입니다. 상희 아재는 이 학교 육성회장을 맡고 있기 때문에 교장 선생님 바로 옆 자리에 앉았습니다.

　강당 안이 썰렁합니다. 아이들 대부분은 그다지 두꺼운 옷들을 입지 못한 데다 양말도 홑겹이라 졸업식 내내 추위를 견뎌 내야 합니다. 그런데도 누구하나 불평하는 사람 없이 그저 숙연합니다.

　지루한 어른들 순서가 끝나자 아이들 차례인 송사와 답사 차례입니다.

　송사를 끝낸 5학년 아이가 마이크 앞에서 떠나자 답사를 돌돌 말아 쥔 추자가 마이크 앞으로 나섭니다. 추자는 답사를 다 외웠기 때문에 자신 있게 종이를 돌돌 말아 쥐고 나왔던 것입니다. 그런데 마이크 앞에 서자 그만 말문이 콱 막히고 눈물부터 나와 무슨 말을 어떻게 해야 할지 아득해 질뿐입니다.

　'후욱' 추자는 크게 숨을 들이 마십니다. 지난밤 대나무들이 들려준 응원 소리를 생각하는 걸까요?

　눈을 감았다 다시 뜹니다. 그런 후 또렷한 목소리로 답사를 또박또박 말합니다. 추자 손에는 여전히 답사를 적은 종이가 돌돌 말린 채 꼭 쥐어져 있습니다.

"……, 이제, 믿고 따랐던 선생님을 떠나 더 큰 세상으로 나가 선생님의 가르침대로 정직하고 성실하게 살아가겠습니다. 뒤에 남은 동생들에게 모범이 되는 언니 오빠가 될 것을 약속드립니다. 선생님, 그동안 잘 가르쳐 주신 은혜 잊지 않고 열심히 살아 꼭 훌륭한 이 나라 일꾼이 되어 선생님 은혜에 보답하는 졸업생들 되겠습니다……."

추자가 답사를 하는 동안 여기저기서 흑흑거리며 우는 소리들이 쏟아집니다. 추자도 더 이상 눈물을 참지 못한 채 훌쩍거리며 답사를 끝냅니다. 선생님과 내외귀빈들 눈가도 촉촉이 젖습니다. 추자는 소매 끝으로 흐르는 눈물을 닦습니다.

어떻게 답사를 끝냈는지 모르게 끝내고 내려온 추자를 반기며 악수를 청한 사람이 있습니다. 추자와 아이들이 복숭아 서리를 해 먹었던 과수원 상희 아재였습니다.

"우리 추자 멋지구나. 잘했다. 그리고 축하한다. 그런데 아재 생각에 부산 가는 거 다시 생각해 보면 어떨까 싶구나. 너무 일찍 가 봐야 어려서 아무것도 못하고, 또 옳은 돈도 못 받는다는 이야기도 있어서 말이다."

"괘안아예, 거기 가서 큰 언니야들 밑에서 보조만 해도 된다 캤어예. 그라고 잘하모 거기서 검정고시라 카는 것도 할 수 있다 캤어예. 지는 그리 한 번 해볼 생각이라예. 가서 보고 영 아니모 다시 올 거라예."

"그래, 니가 잘할 테니 걱정 않으마. 그래도 너무 힘들면 참지 말고 오너라. 알았제?"

"예, 알겠심니더."

상희 아재가 말없이 추자의 어깨를 도닥여 주고 졸업식장을 빠져 나갑니다. 저만치서 어머니가 활짝 웃으며 추자에게로 다가옵니다.

"추자야! 잘했다. 그란데 방금 전에 상희 아재 아이가?"

"맞아예."

"뭐라 카더노?"

"별 말 안 했어예. 힘내라 캤어예."

"……."

어머니는 잠시 생각에 잠기는 듯 아무 말 없이 서 있습니다. 그리고 이내 환한 표정을 지으며 추자에게 동백꽃 화환을 걸어 주며 안아 줍니다. 추자는 꽃다발을 목에 건 채 어머니를 바라보며 웃습니다.

운동장에는 졸업생과 가족들이 삼삼오오 모여 꽃다발을 든 채 기념 촬영하는 모습이 보입니다.

"추자야! 거 교단 앞에 서 있어 봐라. 내 사진사 아저씨 델고 올구마."

"아이라예, 어무이 괘안심더."

"가마이 있어 봐라."

"어무이!"

잠시 후, 어머니는 사진사 아저씨를 모시고 와 추자의 졸업 사진을 한 장 찍습니다. 아저씨는 어머니께 뭐라고, 뭐라고 설명하시고 어머니는 고개를 연신 끄덕입니다. 그리고 아무 말 없이 추자 옆에 서서 추자의 어깨를 감싸 안습니다.

"자자, 어머니, 고개를 얼라 옆으로 살짝 기우려 보이소. 자. 찍심니더. 웃어 보이소. 하나, 둘, 셋! 김치! 좋심니더. 사진은 아까 말한 거맨키로 우편으로 갈 깁니더이."

"예! 알았심니더. 잘 나오거로 해서 보내 주이소."

"하모요, 염려 놓아도 됩니더."

사진사 아저씨의 믿음직한 목소리에 안심이 된 듯 어머니는 고개를 연신 끄덕입니다.

분홍색 치마저고리를 곱게 입고 선 어머니와 단발머리 추

자가 환하게 웃습니다.

  졸업식 날 운동장에는 아이들 웃음소리와 흙먼지가 일고, 간간이 저 멀리 지리산 봉우리에서 날아왔을지 모를 여우비 같은 눈발이 날려 듭니다.

그리움 그리고 지난 시간들

차가 어느덧 고향 길로 접어듭니다. 건너편 차창 밖으로 공동묘지가 보입니다. 예전에는 산으로 들어가지 않고서는 묘지가 보이지 않을 정도로 나무들이 많았습니다. 그런데 불과 몇 년 만에 여시골은 평범한 야산, 아니 그보다 더 평범한 어느 집 밭뙈기 마냥 휑한 느낌으로 변해 있습니다.

추자는 가만히 눈을 감아 버립니다. 눈을 감고 크게 숨을 들여 마셨다가 내뿜습니다. 내뿜는 숨에서 도회지 하수구 악취와 공장의 역한 화학 약품 냄새가 빠져 나옵니다. 도시가 토해 낸 역겨운 하수가 도시의 바다로 흘러듭니다.

도시에서 만난 바다 냄새는 고향에서 맡았던 고소하면서도 신선한 비린내와 다르게 독하고 역겨운 비린내입니다. 상큼한 수박향 은어들이 사는 사천만과는 전혀 다른 냄새와 맛입니다.

   도회지 바다에서는 고소한 김 냄새, 상큼한 미역 냄새, 향긋한 굴 냄새 그리고 개펄이 주는 질펀하고 재미난 이야기가 덜합니다. 다만, 도시 큰 바다는 매양 거칠고 진한 비린내와 역겨운 냄새만을 풍기며 사납게 웁니다.

   추자는 그때마다 잔잔한 호수 같은 사천만의 따뜻하고 아늑한 품이 그리웠습니다.

   갑갑한 느낌이 들어 창문을 열어 봅니다. 변해 가는 여시골을 잠시 잊어버릴 만큼 시원한 바람이 들어옵니다. 여시골 너른 들판 여린 보리 싹 냄새, 갓 베어 낸 신선한 풀냄새, 사천만 어디선가 내뿜고 있을 신선한 바다 냄새, 그토록 그리웠던 냄새들이 들어옵니다.

   그리운 상희 아재. 졸업식이 끝난 다음날 아침 마루에 나가보니 못 보던 종이 봉투 하나가 놓여 있었습니다. 그리고 그 속에는 추자에게 보내는 짤막하지만 정이 담긴 편지 한 통, 그리고 두툼한 외투 한 벌이 들어 있었습니다.

   추자와 친구들의 입이 심심할 때면 언제고 슬쩍 서리해 먹던 과수원 집 상희 아재가 멀리 부산으로 돈 벌러 떠나는 어린 추자를 위해 따뜻한 외투를 사서 보낸 것입니다.

추자와 어머니는 어찌할 바를 몰라 그저 먹먹하게 그 옷을 바라만 보았습니다. 모든 것이 엊그제 일처럼 그립고 아련하기만 합니다. 그리고 친구들…….

눈을 뜨고 반대편 차장 밖을 바라봅니다. 사천만이 보입니다. 질퍽한 갯벌 속 바지락 군과 백합조개 양이 속살을 길게 빼어 들고 추자를 반길 것만 같습니다.

여러 가지 상념들이 하나하나 아주 선명하게 떠오릅니다.

'친구들하고 보리밟기 하던 때가 엊그제 같은데, 요즘도 보리밟기를 하나?'

'도깨비불이 요즘도 나올까?'

'수로 옆 대나무밭도 안 보이고……. 하긴 우리 집 탱자나무까지 다 잘라 냈다 카이, 그런데 뒤뜰 대나무밭은 우째 냄겨 놓았을꼬?'

'…….'

처음 공장에 가서 견딜 수 없으면 참지 말고 오라던 상희 아재의 위로……. 못 견디겠으면 언제든 오라던, 그 달콤한 위로가 없었다면 견딜 수 없었을지도 모릅니다.

처음 신발 공장에 도착했을 때 맡았던 그 고약한 냄새는 제 아무리 용감한 추자라 할지라도 참기 힘든 냄새였습니다. 처

음 3개월을 못 참으면 영영 돌아가야 한다는 나이 많은 사감 선생님 말에 꼭꼭 참겠다고 다짐했지만 그 역한 냄새는 맡아 보지 않은 사람들은 참기 힘든 냄새입니다.

그보다 더 참기 힘들었던 것은 아직 여리고 어리기만 한 아이들에게 2교대, 3교대 등으로 짜여진 가혹한 시간표였습니다. 아이들에게 밤잠은 갓 지은 흰쌀밥처럼 다디단 보약과도 같습니다. 마음이 여린 아이들은 공장에 도착하여 3개월 정도 견디면 잘 버틴 것입니다. 대개는 힘든 노동과 역한 냄새를 못 견디거나, 낯선 객지 생활로 인한 향수병을 얻어 집으로 다시 돌아가는 경우가 많았습니다. 추자도 예외는 아니었습니다.

하지만 추자는 달리 마음을 먹었습니다. 꼭 일 년만 참아 보기로 말입니다. 처음 작정했던 대로 꼭 일 년만 지내 보고 나서 고향으로 가자. 그렇게 굳건한 결심이 서자 마음이 한결 단단해졌습니다. 무엇보다 고향을 떠나올 때 받은 응원이 큰 힘이 되었습니다.

추자는 한껏 설레는 마음이 되어 차창 밖을 내다봅니다. 소나무와 대나무가 우거져 조금은 신비하고 음산한 기분이

들기도 했던 여시골 공동묘지 앞 상엿집이 보이지 않습니다. 아이들과 함께 달리며 놀던 여시골 도깨비불은 어떻게 되었을까요. 도깨비불과 함께 밤하늘을 지키던 수많은 별똥별은 아직도 쏟아져 내리는지……. 모든 것이 궁금합니다.

  차창 밖으로 보이는 논 한 가운데로 군데군데 들어선 은색 비닐하우스가 마치 햇빛에 반사된 호수처럼 보입니다. 파릇파릇 돋아날 보리 싹을 대신하여 은색 물결을 이루고 있는 그것이 못내 어색합니다.

  길과 함께 달리던 수평선은 뜨거운 해를 삼키느라 애를 태우고 있습니다. 수평선은 뜨거운 해를 삼켰다가 다시 토해냅니다. 사천만 수평선이 수줍은 새색시 얼굴처럼 빨개집니다. 수면 위로 반짝 비치는 마지막 여명으로 여시골로 잦아들던 어둠이 잠시 주춤합니다.

집으로

석양이 완전히 잦아들기 전, 어스름 저녁나절에 추자는 고향 땅을 밟습니다. 추자를 내려준 버스는 제 갈 길로 '붕' 떠납니다.

오랜만에 고향땅을 밟은 추자는 예전과 다르게 변한 골목길이 낯설어 잠시 어리둥절합니다. 그런 추자를 따르는 것은 해 질 녘 긴 그림자입니다.

긴 그림자는 추자가 걸음을 옮길 때마다 함께 구부러지고, 펴지고, 때로는 끊어지기도 하면서 추자를 따릅니다. 추자는 자신의 뒤를 따르는 긴 그림자와 함께 그리운 고향집으로 들어섭니다.

추자가 떠난 지 얼마 되지 않았을 때 마을은 새마을운동으로 몸살을 앓았습니다. 초가지붕이 사정없이 뜯긴 채 땅으로 팽개쳐지고, 그 자리에 회백색 슬레이트 지붕이 올라앉았습니다.

초가지붕 속 굼벵이, 심바리, 지독한 냄새를 풍기는 산니, 지네, 그리고 초가지붕 어느 편에 똬리를 튼 채 숨어서 집을 지켜준다는 능구렁이가 보금자리를 잃은 채 어디론가 흩어져 가 버렸습니다.

추자가 타관으로 떠나서 새 생활에 적응해야 했던 것처럼 그네들도 초가지붕을 떠나 어디론가 흩어지거나 숨어들거나 했을 겁니다. 동네는 겉보기에 말쑥해 보였습니다.

친구들과 함께 흙먼지 날리며 뛰놀던 골목길도 회백색 시멘트 길로 변했습니다. 아이들이 마음만 먹으면 언제라도 친구 집 담장을 넘을 수 있었던 낮은 돌담도 시멘트 담장에게 자리를 내주었습니다. 이제는 그 누구네 집도 함부로 넘어갈 수 없게 되었습니다.

큰길가 순이 아지매 밭에도 탱자 가시 닮은 철사 울타리가 쳐졌습니다. 소나무골에서부터 이어져 흘러내리던 맑은 개울도 시멘트 길 아래로 갇혀 버렸습니다. 꼬불꼬불해서 더 재미있었던 논길도 바둑판 마냥 반듯하게 정리되고, 보리 싹을 밀어 낸 비닐하우스 안 채소와 과일도 먼지 한 톨 묻지 않은 채 말쑥하게 자라고 있습니다. 언제 세상이 이처럼 깨끗해져 버렸는지 알 수가 없습니다.

그런데 참 희한한 일이지요. 그렇게 깨끗하고 말쑥해졌는데, 어느 날부턴가 마구 먹어도 되었던 빨래터 샘물이나 우물물을 먹을 수 없게 되었습니다. 그 대신 집집마다 도회지에서나 보았던 수도가 놓였습니다. 공동 빨래터에는 식수 금지 팻말이 붙었고, 집안과 마을 공동 우물가에는 두꺼운 시멘트로 만든 뚜껑이 무겁게 덮여 있습니다.

우물 안 녹색 이끼랑 함께 숨 쉬던 많은 것들은 어떻게 되어 버렸을까요? 더 이상 햇빛을 볼 수 없게 된 우물 안 그것들은 어디로 갔을까요? 회백색 시멘트로 두껍고도 무겁게 만들어진 우물 뚜껑은 혼자서는 도저히 열어 볼 수가 없습니다. 고향은 이제 더 이상 길 가던 나그네가 어디서든 쉬어 가며 목을 축이고, 시원한 도랑물에 발 담그고 물장구 칠 수 있는 곳이 못 되었습니다.

문을 열고 들어서자마자 전화벨이 울립니다. 추자가 꼬박꼬박 벌어 조금씩 보내 주는 돈은 초가지붕을 슬레이트로, 편지를 대신해 주는 전화기를 놓는 데 보태졌습니다. 세상이 빠르게 달라지고 있습니다.

"따르르릉!"

"여보세요?"

"어, 추자? 내다. 홍이."

"응, 그래, 나 추자야. 홍이 너도 겨울 방학이라 내려왔구나."

"응. 추자야, 반갑다. 오늘 밤에 친구들이랑 우리 집서 모일라 카는데 너 올래? 참 그리고 너 좋은 소식 들리더라. 축하한다."

"뭘?"

"야, 니 진짜 대단하다. 아니, 나는 니가 중학교 안 간다 캐서 되게 서운했거등."

"그땐 그럴 수밖에 없었으니까."

"야, 근데 인자 니도 고등학교 입학했다 아이가. 진짜 축하한다."

"고맙다."

"오늘 밤에 꼭 와라. 참 여자 친구들도 같이 와라. 알았제?"

"그래. 낸중에 보자."

전화기를 내려놓은 추자의 양 볼이 홍당무처럼 달아오릅니다. 홍이는 유난스레 추자를 좋아했던 친구입니다. 그런 홍이가 얄미워 속이 거북했던 때도 있었습니다. 그런데 이제 얼굴까지 달아오르게 만드니 참 이상한 일입니다.

홍이를 생각하자 처음 공장에 갔을 때 받았던 친구들 편지와 홍이로부터 온 단 한 장의 편지가 생각났습니다.

그 당시 공장에는 추자처럼 초등학교만 마치고 취직한 또래 아이들이 꽤 있었습니다. 그 친구들과 마찬가지로 추자도 그저 생계 때문에 공장을 찾은 경우였을 것입니다. 뚜렷한 주관이나 목표 없이 돈벌이 수단이 되어 들어온 어린 친구들에게 낯선 도시의 역한 냄새와 공장의 고된 노동은 견디기 어려운 시간이었겠지요. 굳게 결심한 추자도 매 순간 후회와 슬픔으로 목구멍이 꽉 막힐 때가 많았거든요. 그럴 때마다 고향 친구들과 주고받는 편지로 마음을 달래며 자신을 위로했습니다.

그러나 시간이 흐르면서 추자도 친구들도 각자 생활 속에 파묻혀 편지가 뜸해질 무렵, 뜻밖에 홍이로부터 한 통의 편지가 도착했습니다.

'추자에게'로 시작된 홍이의 편지를 읽던 추자의 눈이 동그랗게 변했습니다. 홍이의 편지 속에는 '꿈'에 대한 이야기가 어설프게 얼기설기 나열되어 있었던 것입니다.

거기에 "나는 지금부터 열심히 공부해서 일류 엔지니어가 되는 길을 찾으려고 해."라고 적혀 있었습니다. 그러면서 '꿈'을 가지고 있는 사람과 '꿈'을 꾸지 않는 사람의 차이에 대해 제법 어른처럼 써 놓았던 것입니다. '꿈' 있는 사람과 없는 사람의 차이는 쉽게 '포기' 하는 것과 그렇지 않은 것이라고 씌어 있었던 것입니다.

홍이 말대로라면 공장의 친구들도 절대 포기할 수 없는 '꿈'이 있었다면 상황이 달라졌을까요? 알 수 없습니다. 다만, 홍이 추자에게 "너는 꿈이 뭐니?" 라고 묻고 있던 그 대목에서 말문이 콱 막혀 눈물이 나올 뻔했던 것만 기억납니다.

처음에 추자는 엔지니어가 무엇인지 몰랐습니다. 그보다는 편지를 읽으면서 자신의 '꿈'이 무엇인지 대답할 수가 없었던 것이 답답했을 뿐입니다. 편지를 읽으면서 뭔지 모를 부끄러움과 답답한 기분이 든 것도 그 때문일 것입니다. 그 당시 추자는 그저 막연히 '아버지가 안 계시니, 동생들이 많으니, 어머니를 도와 일을 해야 한다. 또 기회가 되면 공부를 해야 한다. 공부만 해 놓으면 뭐라도 되겠지…….' 라는 막연한 생각밖에 없었던 것입니다.

그런 추자에게 홍이 보낸 한 통의 편지는 감겨 있던 눈을 뜨게 만들어 준 것과도 같았습니다.

홍이 편지를 받은 이후 추자 머릿속에는 매일 해야 하는 숙제처럼 '꿈'에 대한 고민이 시작되었습니다.

그때부터 추자는 자신이 뭘 하고 싶어 공부를 하는지, 또 이리도 어려운 일을 하고 있는지 등에 대한 깊게 고민하게 되었습니다.

어떨 땐, 그 고민이 공장일보다 더 힘들게 느껴질 때도 있었습니다. 아무리 고민해도 자신이 무엇이 되면 좋을지 결정할 수가 없었기 때문입니다.

추자는 그저 지금 이 공장에서 잘 견딘 후, 돈을 모아 집으로 돌아가 중학교에 진학하는 일만 해결할 수 있으면 되었던 것입니다. 그것뿐입니다. 그런데 홍이 편지를 받고부터는 그것이 전부가 아닌 것 같아 어딘지 불편하고 불안한 기분이 드는 것입니다. 그렇게 홍이에게 답장을 하지 못한 채 시간이 흘렀습니다.

그러나 그 후로 추자에게 남모를 변화가 찾아오기 시작했습니다.

처음부터 그랬던 것처럼 어금니를 지그시 깨물며 '우선 꼭 일 년만 다녀보는 게 중요한 게 아니라 내가 진짜 되고 싶은

게 뭔지 한 번 찾아보자. 꿈이라는 게 뭔지 찾아보자.' 하는 마음이 생긴 것입니다. 그리고 오늘 추자는 어쩌면 그때 하지 못했던 답을 할 수도 있을 것입니다.

　추자는 정다운 친구들과 다시 만나게 된 것이 꿈만 같습니다. 몇 년 전 공장으로 떠나는 아이들을 태우러 온 버스에 오를 때가 생각납니다.
　얼핏 뒤를 돌아보니 동네 아이들 속에 유난히 덩치가 커 더 잘 보였던 홍이 모습이 떠올랐습니다. 추자가 손을 흔들었을 때, 다른 친구들은 모두 손을 흔들어 주었지만 홍이는 뚱한 표정으로 물끄러미 바라보고 서 있어서 참 어색했던 기억이 스쳐 지납니다.
　처음 공장에서 한 일은 완성된 신발을 비닐봉지 속에 넣어 포장하고 정리하는 단순한 일이었습니다. 받는 돈도 적고 일도 힘들었습니다.
　하지만 추자는 여시골 아이답게 씩씩하게 잘 견디며 적응해 나갔습니다. 특히 추자는 여시골 아이답게 의리가 있고 똑똑해서 공장 언니들 사랑을 많이 받았습니다.
　그때 만난 언니가 분이 언니였습니다. 홍이가 추자에게

'꿈'이 뭐냐고 물었다면, 분이 언니는 그 '꿈'을 이룰 수 있도록 이끌어 준 사람입니다.

추자는 언제나 똑부러지면서도 싹싹하고, 정직하게 맡은 일을 잘해 내었습니다. 그런 추자를 눈여겨 본 분이 언니는 추자를 친동생처럼 챙기고 아껴 주었습니다.

그러던 어느 날, 분이 언니와 소소한 수다를 떨던 중 뜻밖에 추자에게 공부할 기회가 찾아 왔습니다.

"추자야, 니는 우짜다가 이리 왔노."

"중학교 갈 돈 모을라꼬예. 그란데 요새 고민이 좀 생겼심니더."

"뭔데?"

"지는예, 그냥 중학교 들어갈 입학금만 모으모 집에 갈라고 생각하고 왔는데예, 얼마 전에 친구가 편지를 보냈는데, 제 꿈이 뭐냐고 물어봤어예. 그란데 그만 말문이 콱 막혀 뿌릿어예. 글마는 엔지니언가 뭔가가 꿈이라 카데예. 그게 뭐라예?"

분이 언니는 가볍게 소리 내어 웃습니다. 추자가 솔직하게 모른다고 하는 것이 귀엽기도 재미있기도 한가 봅니다.

"기술자를 엔지니어라 칸다. 그 친구가 공부를 잘하나 보네. 요새 우리 나라가 한창 산업 역군이 필요한 때라. 공대

나오모 좋은 회사 취직해서 돈 억수로 번데이. 우리 나라도 발전시키고, 본인 이름도 날리고, 좋지. 너도 공부하고 싶어 여기 돈 벌로 온 기제? 참 야무지데이. 그라모 니, 내하고 야학 댕겨 볼래? 여기서 일 년간 돈 모아 봤자 집에 가서 중학교 한 일 년 겨우 다니모 끝이다. 그 다음에는 또 우짤래? 어차피 너나 나 모두 집안 형편이 어려워서 이런 데 왔잖아. 그라마 독하게 벌고 배와야 사는 기다. 중학 과정은 공짜로 배와 가이고 검정고시로 패스하고, 고등학교는 내하고 같이 산업체 학교로 가자. 나는 나이가 많아서 일반 고등학교는 가기가 힘들다. 그란데 공부가 하고 싶어서 뒤늦게 시작했는데 참 재미가 있다. 니, 내하고 야학 한번 나가 볼래?"

"……야학이예?"

"그래, 야학."

"……"

그렇게 시작된 분이 언니와의 인연이 추자를 어엿한 산업체 고등학생으로 만들어 준 것입니다.

분이 언니는 추자가 속한 조에서 반장을 맡고 있는 언니였습니다. 간혹 어린 조원들을 닦달하여 자기 일까지 떠넘겨 놓고 눈치껏 빈둥거리는 얍삽한 치들과는 달랐습니다. 게다가 시간을 쪼개 공부까지 하고 있었습니다.

분이 언니는 디자이너가 되고 싶은 꿈을 가지고 있었습니다. 분이 언니도 '꿈'을 가진 사람이었습니다. 그런 모습은 어린 추자에게 힘든 공장 생활을 견딜 수 있도록 해주고 함께 꿈을 꾸게 해주었습니다.

그러나 그렇게 악착같이 해서일까요? 너무 무리를 했는지 분이 언니는 어느 날 공장에서 심한 기침과 함께 피를 뿜으며 쓰러졌습니다.

얼굴이 백짓장처럼 하얗게 변하고, 땀을 비 오듯 쏟으며 공장 바닥에 스르르 누워 버리는 언니를 보며 공장 어른들이 몰려와 어디론가 데려갔습니다.

추자는 자기도 모르게 눈물이 주르르 흘러내리고 맥이 빠져 아무것도 할 수가 없었습니다.

하지만 분이 언니는 추자에게 희망을 심어 주는 일을 멈추지 않았습니다.

고향으로 내려간 다음에도 추자가 중학교 검정을 통과할 수 있도록 자주 연락을 해주었고, 검정에 통과한 후에도 자신의 일처럼 좋아해 주었습니다.

그리고 지금의 학교에 대한 정보를 주고받으며 우정보다

진한 신뢰감을 쌓아갔습니다.
 '……분이 언니,'
 추자는 그리운 이름을 나지막하게 불러 봅니다.

해후

생각에 잠겼던 추자가 두 손으로 얼굴을 문지르다 말고 전화기를 돌립니다.

"여보세요."

"여보세요? 어, 추자야! 추자 맞제? 니 언제 왔노?"

"으응, 상달아! 추자다. 조금 전에 왔다."

"근데 인자 전화하나? 문딩아. 니 내 안 보고 싶더나."

"미안, 오자 마자 어디서 전화가 와서 받느라고 이제 전화한다."

"그랬나. 우리 진짜 오랜만이다. 그자? 어서 만나 보자. 내가 지금 너거 집으로 갈게. 쪼매 기다리라."

"그래. 얼른 와. 보고 싶다."

추자는 친구들을 기다리는 동안 자신이 입고 있던 교복을 다시 한 번 거울에 비춰 봅니다. 하얀색 칼라가 달린 검정 저고리와 적당히 몸매를 드러내 주는 날씬한 검정색 바지는 몇 번을 봐도 멋집니다. 그때 분이 언니가 야학으로 이끌어 주지 않았다면 추자는 어쩌면 아직도 신발 공장의 역한 냄새를 맡으며 삭막한 작업장에서 시간을 보내고 있을지 모릅니다. 그러다 아무런 희망도 없는 고된 노동에 못 견뎌 고향으로 맥없이 돌아와 버렸을지도 모릅니다. 디자이너의 꿈을 가지고 있던 분이 언니도 자신과 함께 고등학교에 들어왔다면 어땠을까요?

아쉬움과 그리움이 잠시 교차합니다.

자신이 가장 하고 싶었던 공부를 하게 된 지금, 그리고 이제 자신이 무엇을 하고 싶어서 이렇게 힘든 길을 가려고 한다는 것을 알게 되어 기쁩니다. 그것은 쉴 새 없이 돌아가는 기계의 소음이나 석유 냄새 같은 메스꺼운 나염 냄새도 거뜬히 버텨 나갈 수 있는 힘이 되어 주었습니다. 그런 자신을 돌아볼 때 스스로 대견한 느낌이 들 때가 있습니다.

분이 언니를 따라 야학을 다니면서 시간을 관리하는 법도 배웠습니다. 또 먼저 해야 할 것과 나중 해야 하는 것, 그리고 포기하거나 버려야 하는 것도 배웠습니다.

그러나 추자는 쏟아지는 잠과 먹고 싶은 것, 놀고 싶은 마음 등과 싸워야 할 때도 많았습니다. 그럴 때마다 짜증이 나 집으로 돌아오고 싶기도 했습니다. 힘든 시간을 겪다 보니 이제 쏟아지는 잠도 조금씩 조절할 수 있을 만큼 야무지게 성장해 갑니다.

물론 아직도 많은 것이 부족한 상황입니다. 낮에는 방직공장에서, 퇴근 후에는 회사 내에 있는 학교에서 쏟아지는 잠과 싸우며 공부해야 하는 신세입니다. 그러나 이제 어엿한 고등학생이 되었습니다. 추자는 어디까지 자신의 한계를 시험할지 아직은 잘 모릅니다.

하지만 어떻게 생각해도 근사한 일입니다. 추자는 단정하게 자른 단발에 어울리는 하얀색 교복 칼라를 두 손으로 당겨 펴 줍니다. 그리고 머리를 양쪽 귀 뒤로 넘겨 봅니다. 그 모습이 어찌나 단정하고 예쁜지 거울 속 추자가 거울 밖 추자에게 환한 미소를 지어 보입니다.

"추자야!"

어느샌가 상달이와 친구들이 달려옵니다.

"아아, 상달아! 너거들 보고 싶어 죽는 줄 알았다. 우리 몇 년 만이고?"

"우리도 그랬어. 정말 오랜만이다."

"추자야! 니, 진짜 멋지다."

"너거가 더 멋지지. 나야 뭐."

"아이다. 우리 모두 니 말 하고 멋지다고, 잘했다고 말한다. 니 진짜 대단타."

"고맙다. 근데 너거는 다 2학년 올라가는 데 내는 인자 입학해서 우짜겠노."

"별 소리 다 한다. 일이 년 늦는 거 그기 뭐 대수라꼬."

"어무이는 안 계시나?"

"응, 안 계시네."

아무것도 모르는 것 같은 추자의 안색을 살피며 상달이가 말합니다.

"아이고, 맞다. 어무이도 인자 공장 다니실 기다. 너거 막둥이가 인자 다섯 살 됐다 아이가. 저 바닷가에 농공 단지가 새로 들어왔다. 거 옆에 새로 들어온 교회가 있는데 공장 다니는 사람들 얼라들을 대신 봐 준다 카더라. 그래서 어무이가 공장 가실라꼬 맘을 잡쉈을 거야. 아마 조금 있으마 막둥이 업고 들어오실 기다."

"그래? 내 잘 몰랐다. 다른 동생들도 어무이 따라갔는지 안 보이네."

"하모, 다니신 지 얼매 안 됐을 기라. 은숙이 엄마하고 같이 다니신다꼬 얘기 들은 지가 얼마 안 됐다. 다른 동생들이사 놀러 나가서 안 들어오는 걸 기다. 우리도 예전에 해 저물도록, 밤이 캄캄하도록 놀다가 들어가고 했다 아이가. 그때가 좋았는데. 그자."

"그래 맞다. 그때가 좋았지. 요새 내는 공부도 잘 안 되고……. 내는 고마 고등학교만 졸업하고 공무원 시험이나 볼까 싶다."

상달이가 이런 말을 하는 것은 주어진 환경과 상황에 맞게 자신을 맞추며 살 줄 알았기 때문입니다. 그러나 이제 상달이가 무심코 던진 말에 추자는 자신도 모르게 미소를 지어 보입니다. 자신도 얼마 전까지만 해도 상달이와 크게 다르지 않았습니다. 그저 주어진 환경에 맞추어 살려고만 했던 거지요.

하지만 이제 추자에게는 미래에 하고 싶은 일이 생겼기 때문에 어떤 일이 닥쳐 와도 끄떡하지 않을 자신이 생겼습니다. 포기하지만 않는다면 몇 년이고, 몇 번이고 도전하면 될 것이기 때문입니다. 상달이에게도 이런 '꿈'에 대해 얘기를 해주어야겠다고 생각합니다. 그런데 추자가 말할 틈을 놓친 사이 성자가 먼저 말을 합니다.

"상달아, 공무원 되고 나서 또 공부하면 된다. 공부라는 기 끝이 없는 기라서. 공부보다 우찌 사는가가 더 중요하다 했다. 추자 봐라. 올매나 대단하노. 공부는 평생 하는 기라 카더라. 살면서 천천히 하고 싶은 공부하면 된다."

성자가 제법 어른스럽게 말합니다. 아이들 모두 고개를 끄덕입니다. 경선이가 추자를 보며 위로를 건넵니다.

"추자야, 일하면서 공부하기 힘들제? 내는 아무것도 안 하고 학교만 댕겨도 힘들다고 야단인데, 그것만 해도 니가 참 대단하다."

"아이다, 우리 학교 가모 전체가 다 내 같은 친구들이다. 그란데 사실 너무 힘들어서 중도에 포기하는 아아덜도 많다 카더라. 내도 끝까지 해봐야 알지. 알 수가 있겠나. 아직까지는 일도 재미있고, 공부도 다 재미있는데 잠이 와서 큰일이다."

"그래 잠이 마이 모자라겠다."

"밥은 우찌 해 묵노."

"나처럼 기숙사 들어간 친구들은 회사서 묵고, 간혹 기숙사 못 들어온 친구들도 있다. 그런 친구들은 또 자기들끼리 모여서 자취하문서 알아서 해 묵기도 한다. 여러 가지로 힘들지. 그래도 다들 '꿈'이 있으니까 늘 많이들 웃고 그런대로 재미있다."

추자는 그렇게 친구들 앞에 '꿈'이라는 단어를 끄집어 내놓습니다. 아무런 눈치를 채지 못한 경선이와 갑녀가 서로 앞서거니 뒤서거니 옛말을 합니다.

"하하, 우리 예전에 너거 집에서 어무이 몰래 냄비 밥 진짜 맛나게 해 묵었는데, 그자?"

"그래, 상달이 니하고 내는 순이 아지매 밭에서 조선 패랑, 가지 서리해 오고, 난리도 아니었는데, 그때 참 재미있었는데. 그때 그 일이 어제 일 같은데 우리가 많이 컸다. 세상도 빠르게 변했고."

"그러게, 세상이 도깨비방망이질 하는 거맨치로 빠르게 변하제? 상희 아재도 보고 싶네. 내일쯤 인사 드리려 같이 갔다 오자. 우리 어릴 때 상희 아재 과수원에서 복숭아 서리도 해 묵고 그랬는데. 그때 우리끼리 냄비 밥 해 묵는다고 난리 친 다음 날, 어무이한테 되게 혼났거든. 그란데 그날 어무이가 그러시더라. 넘우 집 남새밭이나 과수원에서 서리해 묵는 거를 재미로 하면 안 된다고 단단히 이르시더라. 그때는 잘 몰랐는데 요새 그 말을 좀 알겠더라. 좋은 일에 재미가 들리모 좋지만, 안 좋은 일에 재미가 들리모 안 되는 거잖아. 그래 내가 그 말을 명심하고 산다. 우리가 서리해 먹은 것도 지금 살아가는 데 공부가 되는 기라."

"맞다. 그때가 좋았는데."

친구들이 모처럼 모여서 지난 추억을 떠올리며 즐거운 시간을 가집니다. 누군가가 도깨비불도, 혼불도 요즘은 들도 보도 못한다며 아쉬움을 드러냅니다. 그 말에 추자가 맞장구를 치듯 말합니다.

"맞다. 아까 버스 안에서 도깨비불이랑 별똥별, 혼불 같은 기 요새도 보이는지 궁금했다. 내는 어쩔 때, 간혹 여시골 도깨비불이 도시로 다 옮겨 온 건 아닐까 하는 엉뚱한 생각을 할 때가 있다. 큰 도시는 밤낮으로 반짝거리고, 눈 깜짝할 사이에 건물이 들어서고, 없어지기도 하더라, 사람들도 어딘지 모르게 낯설어서 옆집이 누구인지, 진짠지 가짠지……. 별별 희한한 사람들이 다 있으니까. 그라고 뭐시 귀한 줄도 모른 채 사는데 바빠서……. 함부로 버리고, 사 들이고, 그라는 바람에 쓰레기가 산을 이루는 기라. 쓰레기장 근처에 가모 온갖 도깨비들 다 만나겠다 싶더라. 도깨비들이 쓰레기장에다 야시장을 열고 밤마다 잔치를 열지도 모르지. 사람들이 쓰던 물건이 골목마다 넘쳐나니까 밤마다 도깨비한테 홀린 거맨치로 뱅뱅 돌 때가 있더라. 그라이 그런 데가 바로 도깨비 소굴 아닐까 싶은 생각이 든다는 거지."

 듣고 있던 아이들 중 누군가가 맞장구를 치며 말합니다.

 "그래, 대도시에 비하면 여기는 아직 덜 배렸지. 그란데 여기도 예전하곤 다르다. 냇가에서 목욕하기도 힘들어졌다. 은어도 안 보인다 카던데, 은어가 요새는 오데로 알 낳으로 가는가 모리겠다. 그기 다 농약 때매 그럴 거로. 우물물도 못 먹게 해서 다 막아 삐맀고, 저 높은 산 우에다 지하수를 파서 그 물을 집집마다 배급받듯이 받아 묵는다 아이가. 그 물 먹을 때마다 기분이 찝질하다."

"그래, 내도 그렇더라."

"인자 팔팔 안 끼린 물은 찝질해서 못 먹겠더라."

 친구들이 이구동성으로 변해 버린 물에 대한 불평을 합니다. 그때 뜬금없이 경선이 추자에게 말합니다.

 "그나저나 추자야, 니가 우리 중에 제일 출세했는갑다."

 "무신 말이고?"

 "니는 열심히 해 가이고 대학도 가고, 니 되고 싶은 거도 되고 그래라."

"……."

"……."

 추자도 친구들도 잠시 말이 없습니다. 그나마 입을 뗀 것은 추자였습니다.

"대학? 첨에 내도 우찌해 갖고 중학교 갈 돈만 벌모 된다. 그리 생각하고 부산에 갔는데, 거기서 생각이 마이 바꼈다. 누가 내 보고 꿈이 뭐냐고 묻는데 그때는 말도 못했다. 지금까지도 거기에 대해 생각을 하고 있다. 내는 큰딸이라서 대학을 가도 돈이 안 드는 사범대학 같은 데 가야 될 기다, 막연하게 그리만 생각했다. 그란데 지금은 그기 아닌 기라. 가마이 생각해 보니까 내가 어릴 때부터 누구 가르치고 앞에서 행동대장하고 그런 거를 좋아하고 또 내 성질에 딱 맞는 기라. 그래 될지 안 될지는 모르겠지만 돈 때문이 아니고, 학비 걱정해서가 아니고, 진짜 내가 하고 싶은 일이 선생님이라는 걸 알게 됐다. 그래서 열심히 해서 사범대에 진학할까 생각 중이다. 혹시 실력이 안 돼서 떨어지면 또 치모 안 되겠나. 그리 목표를 세우고 나니까 지금 생활이 그나마 견딜 만해지더라. 어디까지나 '꿈'이니까 노력해 봐야지."

 친구들은 추자의 야무진 포부에 아무도 선뜻 답을 하지 못한 채 어리벙벙한 모습으로 서로를 바라봅니다.

"……."

"……."

잠시 침묵이 흐릅니다. 어색한 침묵을 깨고 성자가 명랑한 어조로 말합니다.

"아, 참, 우리 담임 선생님이 그러시는데 견디는 거 하고 버티는 거는 다르다 카더라."

"그기 무신 말이고?"

"말하자면, 견디는 거는 그냥 화가 나는데 참는 기고, 버티는 거는 화가 나는데 화나는 상황을 이겨 내는 거라 카더라."

"어렵다."

"그니까 추자가 처음 신발 공장 가서 시간만 때우고 힘든 걸 참을라고만 했으모 지겨웠을 기라. 그래서 참다가 병이 났을 수도 있고 또 더 이상 못 참고 집으로 왔을란지 모르지. 그란데 추자는 어려워도 자기가 하고 싶은 걸 찾아 가지고 버텨 냈는 기라. 버텨 낸다는 것은 자기 자리를 지키고 포기하지 않는 기라 카데. 그라고 버텨 내는 거에서 한 발 더 앞으로 나가는 기 도전이라 카데."

경선이와 상달이가 동시에 엄지를 치켜세우며 말합니다.

"성자야, 니 인자 보니 되게 똑똑하다. 그런 거를 다 알고."

"아니다. 우리 담임 선생님이 말해 준 기라."

"그걸 다 기억하고 있으니까 똑똑한 기지."

아이들이 다함께 큰 소리로 웃습니다. 아이들이 이구동성으로 들뜬 목소리로 왁자하게 덧붙입니다.

"하하, 우리가 다 크긴 컸나 보다. 빨개 벗고 큰 냇가에서 멱 감을 때가 엊그제 같은데. 그럼 우리 다 함께 잘 버텨 보자. 도전도 해보고."

"그라자. 그라모 상달이는 대민 봉사 정신으로 공무원이 되고, 성자 니는 뭐 하고 싶노?"

"내는 영양사가 되고 싶다. 요새 공장하고 회사가 많이 들어서서 회사 안에 식당이 다 있다 아이가, 거기 영양사가 꼭 필요한 기라. 내는 원래 요리하는 거 엄청 좋아하거든."

그날 추자와 친구들은 오랜만에 큰 소리로 웃고 떠들어 봅니다.

끝의 시작

몇 년 사이 모든 것이 많이 변했습니다. 그동안 추자는 자신만 고생하고 산 것 같아 억울한 적도 있었습니다. 그럴 때 마다 위안이 되어 주었던 친구들을 만난 것이 꿈만 같습니다.

떼로 몰려다니며 수다 떨고 웃던 그때와 같습니다.

"맞다. 맞다. 우리 다함께 도전하자! 와하하하."

추자와 친구들이 유쾌하게 웃습니다. 모두가 행복한 표정입니다.

조용히 친구들 얘기에 귀 기울이며 함께 웃고만 있던 경선이가 이제야 생각났다는 듯 손뼉을 딱 치며 말합니다.

"참, 야들아, 오늘 홍이네서 남자애들이 다 모인다 카더라. 우리도 오라 캤는데 내 깜빡했다. 상달이, 니한테 연락 안 왔더나?"

"아, 맞다. 아까 경식이가 뭐라 캤는데 내도 깜빡 잊아뿌렀다. 추자도 오고 했으니까 그럼 우리 모처럼 머스마들하고 같이 한 번 놀까?"

친구들이 모두 한 목소리로 추자에게 동의를 구합니다.

"추자야! 같이 갈 기제?"

"……."

추자는 친구들이 홍이라는 이름을 꺼내는 순간 친구들 목소리가 모기 소리처럼 윙윙거리며 잘 들리지 않습니다. 저 혼자 얼굴이 화끈 달아오릅니다.

말없이 방문을 열었습니다. 한겨울 찬바람이 들어옵니다. 그제야 정신이 돌아오는 것 같습니다.

"……후."

추자가 혼자 가만히 숨을 가다듬으며 열린 문으로 마당을 내다봅니다.

굵은 눈발이 소리도 없이 흩날리며 마당을 덮기 시작합니다. 눈발이 굵어질수록 하늘은 더욱 깜깜해집니다.

"와! 첫눈이다. 추자야, 너 왔다고 하느님이 선물 내려 보내시는 갑다. 눈도 오고 분위기 차암 좋다. 우리 오늘 오랜만에 동네 친구들끼리 한 번 뭉쳐 보자."

"그래……."

추자가 모기만 한 소리로 답을 합니다. 그리고 내리는 눈을 바라보며 홍이 보낸 편지를 떠올려 봅니다.

'……추자야, 니는 꿈이 뭐꼬?'

추자 마음을 아는지 모르는지 친구들은 어릴 때처럼 와글와글 우당탕거리며 한참 수다 삼매경에 빠져 깔깔거립니다.

어느덧 눈이 마당을 조금씩 덮기 시작하며 어둠이 더 짙게 깔립니다. 아이들이 예전처럼 저녁에 다시 만날 것을 약속하며 저네들 집으로 향합니다.

친구들이 보이지 않을 때까지 추자는 손을 흔들며 서 있습니다.

그날 밤 어린 시절 여시골에서 함께 뛰놀던 아이들이 모두 모였습니다. 다함께 손뼉을 치며 유행하는 최신 가요를 합창하기도 하고, 독창으로 노래 솜씨를 뽐내기도 하며 신 나게 놉니다.

추자는 홍이가 그렇게 노래를 잘 부르는지 그제야 알았습니다. 그 모습에 공연히 가슴이 두근거려 그곳에 앉아 있을 수가 없습니다. 아무도 몰래 슬그머니 그 자리에서 빠져 나옵니다.

　잠깐 동안 내린 눈으로 세상이 온통 하얗습니다. 추자는 옷깃을 여미며 하늘을 올려다봅니다.

　눈 내린 뒤 맑은 밤하늘에 반짝이는 별들이 얼굴을 드러냅니다. 그때, 하늘 저편 어디선가 번쩍하는 빛이 나타났다 사라집니다.

　"어? 저건 도깨비불?"

　혼잣말로 도깨비불이 맞다 하며 밤하늘을 올려다봅니다. 추자는 순식간에 나타났다 사라져 버린 그 불빛이 못내 아쉬워 마냥 하늘을 올려다봅니다.

　"추자야, 니 혼자 여서 뭐하노?"

　어느새 따라 나왔는지 홍이 추자 뒤에 섰습니다. 깜짝 놀란 추자가 얼떨결에 더듬거리며 말합니다.

　"아! 저기……, 저서 도깨비불이 번쩍 지나간 거 같은데……, 틀림없는데……."

　"별똥별 떨어지는 걸 착각한 거 아이가? 요새 도깨비불 구경도 몬한다."

　"내가 진짜 방금 봤다 카이."

"그래, 그랬을 수도 있고."

"니, 와 나왔노?"

"니 나가길래 따라 나왔지."

"아아덜 이상하이 생각하모 우짤라꼬?"

"그라모 안 되나?"

"뭐시라?"

"내는 니가 중학교도 안 가고 신발 공장 간다고 했을 때 참 마이 서운하더라."

"……."

"그래도 인자 니가 고등학생이 돼 가이고 온 거 보이 진짜 반갑다. 니 진짜 공부 열심히 해 가이고 우리 대학은 꼭 같이 가자."

잠시 말문이 막혀 아무런 대답도 할 수 없었던 추자가 어렵게 말을 꺼냅니다.

"사실, 내가 공장으로 떠나고 나서 몇 달쯤인가? 일 년쯤인가 되었을 때, 홍이 니가 내한테 편지를 한 장 보냈더라. 기억나나?"

"어? 그랬던가?"

"응, 그래 넌 잊어버렸나 모르겠는데 내는 그 편지를 아직

가지고 있거등.”

 "아하! 참 부끄럽네. 내가 뭐라고 썼지?”

 "니가 내보고 공부하라고 잔소리하는 글을 보냈지.”

 "히, 참. 미안하다. 그때 내는 니가 공부도 잘했는데 공장 가는 기 참 이해 안 되고 안타까웠거든. 그라고 중학교 올라가서 딱 한 번 내가 일등을 했던 때가 있었다. 그때가 아마도 일학년 여름 방학을 앞두고 기말고사 치고 나서일 거라. 만약에 너하고 같이 중학교에 갔으모 너한테 일등 뺏겼을지도 모르지. 그때 니 생각이 나더라. 그 뒤로는 뭐 일등이고 뭐고 고등학교 진학할 성적 유지하는 것도 바빴지. 그때 아마 내 딴엔 내 성적에 감동하다가, 또 니 생각이 나기도 해서 편질 보낸 길 기다. 잊아뿌리라. 혹시 내 일등 했다고 자랑질은 안 했던가 모리겠다. 그런 건 안 썼더나?”

 "응. 그래 아이다. 내가 그 편지 받고 생각이 마이 달라졌지. 그래 이리 고등학생까지 안 되었겠나. 내가 고맙지.”

 "그래, 다시 한 번 더 축하한다.”

 "고마워.”

 추자는 홍이 편지를 받고서야 '꿈'이 무엇인지 알게 되었다는 것을 혼자만의 비밀로 가만히 간직하려고 합니다. 나중에

'꿈'을 이루게 되면, 부끄럽고 답답했던 그때의 심정을 다 애기할 수 있을 테니까요. 그저 지금은 "고마워."란 한 마디로 대신할 뿐입니다.

"으응……, 그게 뭐……."

홍이 애매하고 짧은 단어로 얼버무리며 답을 대신합니다.

겨울 찬바람이 두 사람 코끝을 시큰하게 만들며 지나갑니다. 그 바람 속으로 친구들 유쾌한 노래 소리와 웃음소리가 차가운 겨울 밤 하늘로 퍼져 나갑니다. 세상이 온통 하얀색입니다.

그래서인지 칠흑처럼 까만 밤하늘과 달리 마당은 오히려 환하게 빛납니다. 홍이와 단둘이 있어 보기는 어릴 때 친구들 몰래 둘이서만 여시골 도깨비불 본다며 나갔던 때 외에는 없습니다.

추자는 어둠속에서 자신도 모르게 빨갛게 달아오른 양 볼을 감추느라 두 손으로 얼굴을 감싼 채 고개를 숙입니다. 홍이 장난처럼 추자의 두 손을 잡아챕니다. 순간 추자는 저도 모르게 맥이 풀려 휘청합니다.

차갑고 하얀 눈이 추자 가슴속으로 들어옵니다. 어찔한 그 순간 어디선가 도깨비불이 반짝 나타나 지나갑니다.

추자는 반가움에 손을 흔듭니다. 홍이도 함께 흔듭니다.
도깨비불이 너울너울 춤추며 멀어져 갑니다.
여시골 아이들 웃음소리도 함께 여울져 갑니다.

작가의 말

"야, 별똥 떨어진다. 소원 빌자!"
"내는 우리 어무이 아부지 안 싸웠으면 좋겠다고 빌었다."
"내는 돈 마이 벌거로 해 달라 캤다."

  소박한 시골 아이들 소원이 하늘로 오르고, 칠흑처럼 어두운 들판을 수놓던 파란 불빛들, 우리는 그런 불을 보며 도깨비불이라 부르며 어둠 속을 쫓아다녔습니다. 골목 안을 가득 메울 듯 구르며 달려 나오다 솟아오르던 혼불도 이제는 아스라이 멀어진 유년의 기억들입니다.
  봄이 한창 무르익어 갈 때쯤, 어머니는 휘늘어지게 핀 골담초 꽃을 곱게 따 밀가루에 버무려 꽃 부침개를 만들어 주시곤 했습니다. 달달한 부침개를 생각하니 입안에 침이 고입니다.
  여름이면 동네 친구들과 물 맑은 냇가에서 풍덩거리며 지치도록 놀아도 누구에게 야단맞거나 걱정을 들어보지 못했습니다. 모깃불을 피운 평상에 둘러앉아 밀수제비를 먹던 그

여름밤을 잊을 수가 있을까요? 망원경 없이도 별자리를 환히 볼 수 있었던 그때 그 밤하늘은 잊지 못할 거예요.

어머니는 아홉 해 동안 누워서 남으로 난 창으로 마당 안 풍경만을 보며 지냈습니다. 어머니에게서 들어야 할 옛날이야기가 켜켜이 있지만 시간은 우리를 기다려 주질 않아요.

『여시골 아이들』은 제 기억의 일부이자 전 세대를 살았던 친구들 기억 속에 존재하는 고향입니다. 깜깜한 밤하늘과 한낮의 시냇가, 놀이로 시작해서 놀이로 끝났던 아이들의 일상, 끝없는 호기심으로 어둠을 쫓던 아이들의 이야기를 맘껏 상상하고, 상상하고, 또 상상해 보세요. 놀이 속에서 피어나는 아이들의 우정, 꿈과 용기, 그들의 도전에 대해서도 생각해 보세요. 그들은 과연 어떤 어른으로 성장했을까요?

어머니도, 저도 우리친구들도 언젠가 돌아갈 '여시골' 그곳에서 잃어버린 밤하늘과 상상의 자유를 되찾을 수 있기를 바라봅니다. 이제 적막한 고요만 감도는 내 어머니의 마당에 하루 속히 왁자지껄한 '여시골 아이들' 웃음소리가 크게 울려 퍼졌으면 좋겠습니다.

2017년 겨울, 북한산 아래에서
장현정

추천의 글

오래된 이야기, 새롭게 듣기

　장현정의 장편 『여시골 아이들』은 1960년대 지리산 자락에 자리잡은 산골 마을을 무대로 펼쳐지는 우리들의 이야기이다.

　주인공 추자가 들려주는 이야기는 본격적인 산업화가 일어나기 전 우리나라 농경사회가 공통적으로 품고 있던 간절하고 순수했던 그 시대의 이야기이며, 곤고한 삶 속에서도 순수함을 지켜나간 우리의 옛모습이다. 먹을 것에 주리고 놀이에 목말라 하던 아이들의 모습은 바로 우리의 모습이었다.

　아무도 귀하게 여기지 않고 무심히 버렸던 것들을 작가는 허세를 부리지 않은 문장으로 재현해 내고 있다. 남자아이들이 전유물처럼 여겨 왔던 과일 서리에서도 몸을 사리지 않는 여자아이들의 모습은 그만큼 먹는 것에 굶주려 온 우리의 모습이며 도깨비불을 찾아 나서는 모습은 요즘 아이들에게서 찾기 어려운 호기와 강한 정신력을 보여 주는 상징적인 놀이

문화의 한 장면이다.

어렵지 않게 볼 수 있었고 흔치 않게 보았던 혼불만 해도 지금은 전설처럼 남은 소중한 우리 문화이다. 예전에 공기처럼 바람처럼 흔하게 보았던 것, 흔하게 맛보고 어렵지 않게 보고 듣던 것들을 작가는 조용한 음성으로 불러 내어 오롯이 보여 주고 있다. 이들 소중한 문화들은 우리가 새로운 것과 물질숭배에 빠져드는 동안 천천히 우리의 오감에서 하나 둘 떨어져 나갔다.

중학교 진학이 좌절되고 타관으로 흘러들어가 마침내는 야간 고등학생이 되어 돌아오는 추자의 모습이 과장되지 않고 오히려 내일처럼 여겨지는 것은, 그 모습들이 바로 우리가 겪었으면서도 잊어버렸던 이야기이며 우리가 소중히 간직해야 할 지나간 우리 문화이며 역사의 한 페이지이기 때문이다.

『여시골 아이들』의 장점은 바로 여기에 있다. 우리가 소중히 여기기 않았던 20세기의 낡은 듯한 이야기를 장현정은 소중히 간직했다가 21세기의 급변하는 시대에 새로운 이야기로 다듬어 내놓은 것이다.

작가의 의무는 현세의 이야기를 발굴하는 것 못지않게 함몰되어 가는 우리의 역사와 이야기를 찾아내어 새로운 이야기로 써 내는 것이다. 옛이야기를 써 내는 작가들이 점점 사라지는 시점에 낡은 이야기를 새 이야기로, 오늘의 이야기로 써낸 장현정 신인이 소중한 까닭이다.
  여기서 멈추지 말고 『여시골 아이들』을 써 낸 각오로 더 큰 작품을 써 주기 바란다.

송재찬(동화작가) • 이창건(시인)